Die achtziger Jahre waren das langweiligste Jahrzehnt des 20. Jahrhunderts. Nicole sang von ein bißchen Frieden, Helmut Kohl nahm ein bißchen ab und wieder ein bißchen zu, Kaffee hieß plötzlich Cappuccino und Raider Twix. Aber sonst änderte sich nix. Noch ahnte man nicht, daß man einer Generation angehörte, für die sich leider das ganze Leben, selbst an Montagen, anfühlte wie die träge Bewegungslosigkeit eines Sonntagnachmittags. Ja, noch ahnte man nicht einmal, daß man einer Generation angehörte.
Irgendwann fuhr dann plötzlich auch über die Straßen unserer Provinz ein erstes dunkelblaues Golf Cabrio. In diesem Auto saß schon damals eine junge blonde Frau mit Sonnenbrille und Barbour-Jacke.
Dieses dunkelblaue Cabrio wies uns den Weg, heraus aus der Ödnis der achtziger Jahre, hin zum »Weil ich es mir wert bin« der neunziger. Dem Jahrzehnt, in dem wir, die zwischen den Baujahren 1965 und 1975 Geborenen, dann endlich selbst hinters Steuer durften. So wurden wir ganz automatisch zur »Generation Golf«. Was eigentlich als Definition eines automobilen Lebensgefühls gedacht war, wurde zum passenden Polsterüberzug für eine ganze Generation.

Florian Illies, geboren 1971, Golffahrer, Feuilletonredakteur der ›Frankfurter Allgemeinen Zeitung‹ in Berlin und Träger des Ernst-Robert-Curtius Förderpreises für Essayistik 1999. Im Fischer Taschenbuch Verlag erschien auch sein zweites Buch ›Anleitung zum Unschuldigsein‹ (Bd. 15696).

Unsere Adresse im Internet: www.fischerverlage.de

Florian Illies

Generation Golf

Eine Inspektion

Fischer
Taschenbuch
Verlag

Limitierte Sonderausgabe
Veröffentlicht im Fischer Taschenbuch Verlag,
einem Unternehmen der S. Fischer Verlag GmbH,
Frankfurt am Main, April 2005

Fotografien im Buch: Gisa Hofmann
courtesy Roman Enders Projects, Frankfurt am Main
Bildmotive: Mit freundlicher Genehmigung von PLAYMOBIL
Druck und Bindung: Clausen & Bosse, Leck
Printed in Germany
ISBN 3-596-50842-8

Für C. L.

Inhalt

(Die Zitate der Kapitelüberschriften stammen aus der Werbekampagne für den Golf IV)

1. »Woher komme ich?
Wohin gehe ich?
Und warum weiß mein Golf
die Antwort?«

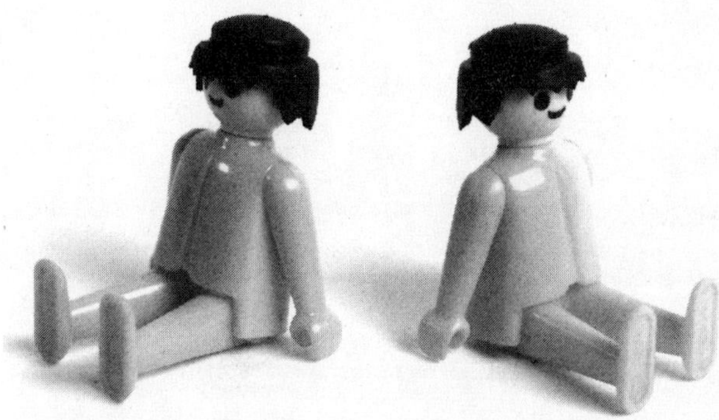

Kindheit. Schulzeit. Playmobil.

Mir geht es gut. Es ist Samstag abend, ich sitze in der warmen Wanne, im Schaum schwimmt das braune Seeräuberschiff von Playmobil. Ich schrubbe mit der Bürste meine Knie, die vom Fußballspielen grasgrün sind. Das Badezimmer ist unglaublich heiß, seit zirka drei Uhr nachmittags heizt meine Mutter vor, damit ich mich nicht erkälte. Nachher gibt es *Wetten, daß ...?* mit Frank Elstner. Dazu kuschle ich mich in den warmen Kapuzenbademantel, den meine Mutter vorgewärmt hat, damit ich mich auch wirklich nicht verkühle. Mit anderen Worten: Ich fühle mich, als hätte der Postbote gerade das Rundum-sorglos-Paket abgegeben, oder wie die Katze, der Frauchen neben das Sheba gerade noch einen Halm Petersilie gelegt hat.

Nach dem Bad, es geht auf acht Uhr zu, gibt es Schwarzbrot mit Nutella, die Haare am Nacken sind noch ein wenig naß. Ich bin zwölf und neben den grünen Augen von Sonja, sonntags im Kindergottesdienst, ist das Aufregendste am ganzen Wochenende die Eurovisionsmusik vor *Wetten, daß ...?*. Es war damals selbstverständlich, daß man *Wetten, daß ...?* mit Frank Elstner guckte, niemals wieder hatte man in späteren Jahren solch ein sicheres Gefühl, zu einem bestimmten Zeitpunkt genau das Richtige zu tun. Das Gefühl, genau das Richtige zu schauen, war genauso präzise wie das Gefühl, das Falsche zu schauen, wenn man unvorsichtigerweise wieder am Freitag abend, die Eltern waren aus, *Aktenzeichen XY ungelöst* mit dem unheimlichen Eduard Zimmermann eingeschaltet hatte und schon während des Zuschauens der nachgestellten Überfallszenen im Keller und Flur rund vierhundert verdächtige Geräusche hörte. Dann doch lieber Frank Elstner, wo die einzige Gefahr darin bestand, daß die Saalwette verlorenging. Wenn ich gesehen hatte, wie ein Gabelstapler auf vier Biergläsern zum Stehen kam und ein schrulliger Schweizer Biermarken am Schnappen der Deckel erkannte, konnte ich mit dem wunderbaren Gefühl einschlafen, am Montag in den Schulpausen mitreden zu können.

Doch zuerst kam dann leider immer noch der Sonntag. Dummerweise kommt nach jedem wunderbaren Samstag, mit Einkaufen am Vormittag und dem Geruch von gemähtem Gras am Nachmittag, ein ätzender Sonntag. Sonntage waren schon damals schrecklich, und daran hat sich bis heute nichts Wesentliches geändert. Oder vielleicht waren sie damals, in jenen Tagen der frühen Jugend, noch schrecklicher. Denn damals hatte man noch nichts Liegengebliebenes zu erledigen. Man hatte höchstens was »auf«, aber dafür war ja auch noch der ganze Abend da. Man war auch noch zu jung, um sich von irgendeinem samstagabendlichen Rausch erholen zu wollen, zu jung auch, um sich irgendwo mit Freunden zum Brunchen zu treffen, zumal es dieses Wort noch gar nicht gab. Zu jung für jeden vernünftigen Zeitvertreib also und zu alt für den Mittagsschlaf. Und da man so unendlich viel Zeit hatte, wartete man so lange mit den Mathehausaufgaben, bis man zu müde war und sie dann doch wieder am nächsten Morgen von Rüdiger in der Pause zwischen der zweiten und der dritten Stunde abschreiben mußte. Rüdiger hieß tatsächlich so und war einer jener Menschen, die später Mathematik- und Physik-Leistungskurs wählten, damals schon *P.M.* lasen und schwarze Aktenkoffer hatten, einen Commodore 64 und großporige Pickel, aber nie eine Freundin.

Noch heute, ungefähr fünfzehn Jahre später, träume ich nachts davon, wenn am nächsten Tag etwas Wichtiges ansteht, daß ich die Mathehausaufgaben nicht gemacht habe und daß Rüdiger krank ist. Wahrscheinlich weil Rüdigers Mutter das Badezimmer nicht ausreichend lange vorheizte, war Rüdiger ständig krank. Und wenn Rüdiger krank war, gab es keine Rettung. Ich schenkte ihm immer mal wieder eine LP von Purple Schulz oder Klaus Lage, wenn ich merkte, daß er das Verhältnis von Geben und Nehmen zwischen uns nicht ganz optimal fand. Oft also träume ich, daß Rüdiger krank ist und ich nicht aus seinem schwarzen Aktenkoffer meine Rettung holen kann. Oder ich träume, daß der Mathelehrer, Herr Grenz, in die Klasse kommt, kurz hustet und dann eine kurzfristige »Leistungsüberprüfung« ansetzt. In meinem Traum gibt es dann noch einmal jene hektographierten Zettel mit blaulila Tippschrift auf leicht beigefarbenem Papier, die der Hausmeister in seinem Kabuff mit einer altmodischen Druckpresse herstellte und die immer sehr stark nach Marzipan rochen. Aber der gute Geruch kündigte immer Schreckliches an: Ich verstehe nämlich kein Wort und keine Zahlenkolonne und hasse alle anderen, die fröhlich vor sich hin rechnen, neben dem Arbeitspapier liegen bei ihnen die abgezogene Armbanduhr und ein adretter Apfel. Sie nehmen sich für jede Aufgabe zehn Minuten. Ich brauche dreißig für die erste, breche hektisch ab, springe zur dritten, weil die einfach aussieht, und flüchte dann zur vierten, als die ersten Cracks bereits ihre Arbeit abgeben, ihre Koffer mit einer unerträglichen Selbstzufriedenheit zuschnalzen lassen und nach draußen gehen. Mir wird heiß, ich versuche mich an der letzten Aufgabe, dann gongt es. Mist. In der Pause erfahre ich, daß ich der einzige bin, der überall krumme Zahlen herausbekommen hat. Ich denke manchmal, ich hätte damals lieber am Sonntag nachmittag Mathehausaufgaben machen sollen, dann würde ich heute besser schlafen.

Die Zeit, als Rüdiger anfing, seine Hefte in einen schwarzen Aktenkoffer zu stecken, also etwa in der siebten Klasse, war die Zeit des ersten Individualisierungsschubs. Zuvor unterschieden sich alle nur dadurch, ob sie den gelben Scout-Ranzen hatten, den roten mit oranger Vortasche oder den Klassiker in Blau. Es ist zu vermuten, daß es eine geheime Absprache zwischen dem Berufszweig der patenten Grundschullehrerinnen und den Krankengymnastinnen gab. Denn zwischen dem sechsten und zwölften Lebensjahr wurden uns – den bis dahin weitgehend ungehindert Heranwachsenden – plötzlich so viele schwere Bücher in den Schulranzen gesteckt, daß es relativ zwangsläufig zu verkrümmten Wirbelsäulen, Plattfüßen und schiefen Hüften kam. Diese drohenden Gefahren wurden dann durch regelmäßige Besuche bei der Krankengymnastik auszuwetzen versucht, doch das Gebeuge und Gestrecke auf blauen Matten hatte, soweit mir bekannt ist, weder bei mir noch bei irgend jemand sonst, irgendwelche Auswirkungen. Claudias Mutter wog einmal an einem Sonntag abend den mit Büchern gefüllten Scout-Ranzen. Sie kam auf sieben Kilo. Das fand sie entschieden zuviel für zwanzig Kilo Claudia. Und das alles hielt sie für ein schönes Thema für den Punkt »Verschiedenes« beim nächsten Elternabend.

Allmählich, mit den nächsten Schuljahren und der wachsenden Anzahl der Freistunden, wurden die Ranzen leichter. Und irgendwann gab es die Scout-Ranzen nicht mehr. Ab der siebten, achten Klasse gab es statt dessen plötzlich genau vier Möglichkeiten, seine Schulsachen zu transportieren. Zum einen die besagte Rüdiger-Fraktion. Der radikale Flügel gab zunächst sogar noch die richtige Zahlenkombination für das Sicherheitsschloß ein. Die anderen ließen gleich die Verschlüsse hochschnalzen und klappten das Innere auf, das so aufgeräumt war, daß es ihnen wirklich nichts ausmachte, wenn alle hineinguckten. Selbst die Bleistifte und das nie benutzte Schweizer Taschenmesser steckten in den vorgesehenen Gurten. Sie trugen auch ab der siebten Klasse Digitaluhren mit einem silbernen Gliederarmband, die zur vollen Stunde nervig piepsten. Später wurden alle Rüdigers

Versicherungsmakler oder Bankkaufmann. Bei den Frauen gab es eine kleine Gruppe, die Umhängetaschen aus seltsamem Flechtwerk bei sich trug, an deren Trageband die hellblauen Friedenstaubenbuttons hingen. Meist gingen die Trägerinnen solcher Taschen nachmittags in die Umwelt AG oder pflegten irgendwo ein Pferd. Wenn ich ihnen lustige Geschichten erzählte, sagten sie gerne: »Du, da kann ich echt nichts anfangen mit.«

Außerdem gab es ein paar lässige Jungs und noch lässigere Mädchen, die braune, leicht abgenutzte Ledertaschen hatten. Das waren meist die, die BMX-Räder fuhren. Sie führten dann später auch die Barbour-Jacken auf den Schulhöfen ein. Die meisten jedoch hatten damals Rucksäcke verschiedenster Preisklasse und Provenienz, einer so ungeeignet zum Aufbewahren von Büchern und Ordnern wie der andere, stundenlang mußte man in den dunklen Stoffwinkeln nach dem Ratzefummel suchen. Neben solchen aus Leder, die man am liebsten irgendwo gebraucht gekauft hätte, um nicht allzu lange mit der von keinem Kuligekritzel berührten Etepetete-Lederoberfläche herumlaufen zu müssen, gab es die blau-beige und rot-weiß karierten Rucksäcke von Esprit, die an den Rändern ganz ordentlich mit Stoff abgesetzt waren und deren Inneres gefüttert war. Es gab manche, die mußten einen Bree-Rucksack tragen, weil ihre Mütter gesagt hatten, wenn schon Rucksack, dann richtig. Die Bree-Trägerinnen waren aber insofern arm dran, als ihre Rucksäcke zu teuer waren, als daß man sie hätte beschreiben können, und eine der wichtigsten Sachen, die man mit dem Rucksack machte, war, ihn sinnlos zu beschriften. Ein echter Rucksack war er erst, wenn er so vollgeschmiert war mit Filzern wie ein Gipsbein nach vier Wochen. Neben Namen von Klassenkameraden schrieb man auch Bandnamen wie U2 drauf, manchmal las man auch Sehnsuchtsorte wie New York oder, noch öfter, Kleiderfirmen wie Esprit oder Marc O'Polo beziehungsweise Jan, sehr gerne auch Love oder andere coole englische Worte. Besonders bewundert wurden jene Mädchen, die die aufgeplusterte Schrift beherrschten, mit den aufgeblasenen Buchstaben, die sich ineinanderschoben wie Wolken. Sehr uncool war man, wenn man den Rucksack ordnungsgemäß mit beiden Trägern aufsetzte, da half dann die schönste Beschriftung nichts. Rucksäcke durften allein über einer Schulter hängen, das war so, warum auch immer. Mütter und Lehrer waren sich von Anfang an darüber einig, daß diese Rucksäcke mindestens so schlecht für den Rücken waren wie die roten und schwarzen Adidas-Allround-Turnschuhe für die Füße. Wahrscheinlich allein deswegen trugen wir dann alle so unverdrossen die im Grunde völlig unpraktischen Rucksäcke zu den auf Dauer sehr unbequemen Turnschuhen. Man konnte die Provokation noch dadurch steigern, daß man die Turnschuhe kaum zuschnürte oder gar nicht, um damit besonders lässig über die Straßen und durch die achtziger Jahre schlurfen zu können.

Auch ansonsten war es sehr unpraktisch, in jenen Jahren jung zu sein. Denn die achtziger Jahre waren mit Sicherheit das langweiligste Jahrzehnt des 20. Jahrhunderts. Kein Wunder, daß das Spielen mit dem Jo-Jo in den Pausen so beliebt war. Und daß das Computerspielzeitalter mit einem Spiel anfing, für das man fast schon stoische Qualitäten brauchte: Zwei weiße Stäbe spielten sich unter elektronischem Wimmern ein weißes Klötzchen hin und her, das ganze hieß Tennis, man konnte es am Fernseher spielen, und wenn man nicht gerade Schwierigkeitsstufe 10 eingestellt hatte, konnte man dabei einschlafen. Aber so war eben jene Zeit. Es ging allen gut, man hatte kaum noch Angst, und wenn man den Fernseher anmachte, sah man immer Helmut Kohl. Nicole sang von ein bißchen Frieden, Boris Becker spielte ein bißchen Tennis, Kaffee hieß plötzlich Cappuccino, das war's auch schon. Die achtziger Jahre waren wie eine gigantische Endlosschleife. Raider heißt jetzt Twix, sonst änderte sich nix. Wenn man Musik hörte, gab es statt neuer Singles nur Maxisingles der bekannten Lieder. Und wenn man ins Kino ging, gab es statt neuer Filme nur neue Versionen: Rambo I, Die unendliche Geschichte II, Zurück in die Zukunft III, Rückkehr der Jedi-Ritter IV und so weiter. Noch ahnte man nicht, daß man einer Generation angehörte, für die sich leider das ganze Leben, selbst an einem Montag, anfühlte wie die träge Bewegungslosigkeit eines gutgepolsterten Sonntagnachmittags. Ja, noch ahnte man nicht einmal, daß man überhaupt einer Generation angehörte.

Die Sorgen waren andere: Nie, so sagte man sich, will ich solche Akne haben wie der Sänger von Alphaville. Aber das half nicht bei jedem. Immer gab es in jeder Klasse genau einen Jungen, der von oben bis unten verpickelt war, diese roten Pusteln aber mit einem unerschütterlichen Selbstbewußtsein zur Schau trug. In jeder Altersklasse gab es übrigens genau einen irgendwie körperlich Gehandikapten. Im ersten Schuljahr war das der Junge, der ein Auge mit einem eiförmigen grauen Pflaster zugeklebt hatte. Meist meinten es seine Eltern dann besonders gut mit ihm und zogen ihm, damit niemand das Pflaster bemerkte, ganz lustige bunte Brillengestelle an – so bemerkte dann jeder sofort das riesige Pflaster. Mit zwölf, dreizehn Jahren gab es dann die Mädchen mit Zahnspangen, in die ich mich unmöglich verlieben konnte. Dabei war gar nicht die Spange das Störende. Nur war es bei Trägerinnen fester Spangen zu eklig, die Essensreste zwischen den rosa eingefärbten Metallpunkten anschauen zu müssen, und bei denen mit herausnehmbarer Spange war es der speicheltropfende Akt, wenn die Spange in das rote Plastikdöschen mit Luftlöchern gesteckt wurde, das die ganz hartgesottenen Mädchen dann sogar mit einer Kordel um den Hals trugen, gerade so, als sei eine Spange nicht etwas, was man besser tunlichst verstecken sollte.

Meist durften die Spangenmädchen ihre Spangen auch in den Pausen rausnehmen und dann tropfend in die roten Döschen legen, damit sie ungestört ihre Kakaotüten beim Hausmeister kaufen konnten. Manche tranken auch Capri-Sonne, Arztkinder erkannte man daran, daß sie Hohes C mit in die Schule brachten, was viel teurer war und angeblich auch gesünder, aber überhaupt nicht schmeckte, es roch immer ein klein wenig nach Fachinger und wurde außer von den Arztkindern nur noch von meiner Großmutter getrunken. Kinder von Müttern, die Tupper-Partys veranstalteten oder besuchten, erkannte man daran, daß bei ihnen selbst der naturtrübe Apfelsaft in längliche Tupperbehältnisse abgefüllt wurde, der durch das viele Schuppern ganz schaumig geworden war (sie kamen auch später nie davon los und bestellen noch heute bei jeder Gelegenheit eine Apfelsaftschorle). Wenn ich zu Hause erzählte, daß andere Jungs Ritter Sport Vollmich-Nuß oder Dany plus Sahne für die Pause bekämen, hielt meine Mutter das für ein ernstes Zeichen von deren Verwahrlosung und packte mir am nächsten Tag ganz demonstrativ besonders viel frisches Obst und Rohkost in Zewa-Wisch-und-Weg-Tücher ein. Meinen Freunden ging es ähnlich. Mütter, die ihren Kindern Fruchtzwerge oder Milchschnitten in den Scout-Ranzen packten, gab es leider nur in der Werbung. Das Problem war, daß ich täglich neue geschmierte Schulbrote von zu Hause mitbekam, in den Pausen aber meist so viele Kindermilchschnitten und Vanillemilchs und Negerkußbrötchen kaufte, daß ich keine Lust mehr hatte auf Käsebrote. Meist entdeckte ich Sonntag abends, wenn ich den Ranzen für Montag packte, in den Untiefen des Rucksacks einige Restbestände der vergangenen Woche, die ich dann schamhaft draußen in die Mülltonne warf. Spendenaktionen wie *Brot für die Welt* mochte ich nie besonders, weil ich dann immer leicht errötend kurz an unsere Mülltonne denken mußte.

Solchermaßen gut genährt, ansonsten aber völlig orientierungslos, tapste eine ganze Generation der zwischen 1965 und 1975 Geborenen hinein in die achtziger Jahre. Aber irgendwie machte uns das auch nicht viel aus. Wir waren zwar orientierungslos, aber dennoch schlafwandlerisch sicher, daß sich alles, auch die großen Fragen der Menschheit, am Ende lösen lassen. »Woher komme ich? Wohin gehe ich? Und warum weiß mein Golf die Antwort?", diese entspannte Lebensphilosophie aus den Volkswagen-Werbespots der neunziger Jahre kannten wir damals natürlich noch nicht. Aber wir verhielten uns schon damals, in den siebziger Jahren, in den Tagen unserer frühen Jugend, entsprechend. Irgend jemand, so ahnten wir, weiß auf alles eine Antwort. Sei es, wie wir im Kindergottesdienst lernten, der liebe Gott. Oder eben der offenbar ähnlich liebe Golf. Wir wußten auf jeden Fall, daß wir uns keine übertriebenen Sorgen machen mußten, weil das ohnehin unsere älteren Geschwister und die Grundschullehrerinnen mit ihren Atomkriegsängsten für uns erledigten. Wir konnten uns dem Wesentlichen widmen. Also: Playmobil spielen. Playmobil ist sicherlich das Prägendste, was unserer Generation passiert ist. Playmobilfiguren sind unser großes, gemeinsames Schlüsselerlebnis. Oben eine abnehmbare Gabriele-Krone-Schmalz-Frisur, darunter ein Gesicht wie von Monica Lewinsky, das Ganze genau siebeneinhalb Zentimeter groß. Früh übte man an den Playmobil-Figuren die Rollenspiele der Erwachsenenwelt – wer jemals ein Plastikhaus von Playmobil geschenkt bekam, für den war es albern, sich je wieder die Mühe zu machen, dasselbe mühsam und weniger schön mit Legosteinen zusammenzubauen. So etwas prägt. Die völlige Gleichgültigkeit der Generation Golf gegen Theoriegebäude jeder Art, ihr Hang zur praktischen Philosophie sind sicherlich ganz maßgeblich geprägt durch das Ende des Lego-Zeitalters. Die Playmobil-Hersteller erkannten frühzeitig, daß es ihrer Kundschaft nicht mehr um Science-fiction ging, um Zukunftsbauten und Raumschiffe, die man sich mit Lego noch zusammenbasteln konnte. Wer Playmobil kaufte, kaufte Fachwerkhäuser, Ritterburgen, Bauernhöfe. Er kaufte Traditionsbewußtsein, Geschichtspflege, Konservativismus. Das modernste Objekt war jahrelang ein blau-weißes Polizeiboot. Zukunft ja, aber bitte immer mit eingehaltener Höchstgeschwindigkeit. Kein Wunder auch, daß das Playmobil-Konkurrenzprodukt Play Big sich nie durchsetzen konnte, glaubten die Hersteller doch tatsächlich, sie könnten die neue Generation mit Robotermenschen und Astronauten begeistern. Allein die Rüdiger-Fraktion spielte tatsächlich mit Play-Big-Figuren, aber die nahmen wir ohnehin nicht mehr ernst, nachdem wir sie einmal mit einem Fisher-Technik-Koffer gesehen hatten, der Feierabendversion des schwarzen Klick-Aktenkoffers.

Von der Playmobil-Zeit, die einem das gute Gefühl gab, die Erwachsenen, egal ob König oder Bauarbeiter, zumindest spielen zu können, schlitterte man meist völlig übergangslos in jene Zeit, die man früher Pubertät genannt hatte. Kein Wunder, bestand doch der Unterschied zwischen Mann und Frau bei Playmobil anatomisch vor allem darin, daß sich bei der Frau das Oberhemd im Bauchbereich nach vorne beulte – mit ausformuliertem Busen oder Hinterteilen wollte man die jugendliche Zielgruppe offenbar nicht weiter belasten. Und auch die Schlümpfe, obwohl latent männlich, erschienen uns eher als geschlechtsneutral. Irritierend war es nur, als es einmal in den Überraschungseiern kleine Baby-Schlümpfe gab und wir uns fragten, woher die kamen, aber mein Bruder sagte, es sei doch klar, die seien aus dem Ei geschlüpft. Sehr witzig. »Sehr witzig« sagte man damals immer, wenn man irgend etwas überhaupt nicht witzig fand.

Wir vermuteten also, daß auch die weiteren Geheimnisse des Lebens vor allem etwas mit der Kleidung zu tun hatten. Der zentrale Einschnitt war demzufolge, daß wir uns plötzlich alle weigerten, im Winter Pudelmützen zu tragen und weiterhin, mit unseren Müttern Hosen und Nickis kaufen zu gehen. Zwar fragt man sich, wenn man alte Fotoalben betrachtet, ob es, ästhetisch gesehen, tatsächlich vorteilhaft gewesen ist, das eigene Outfit so früh in die eigene Hand zu nehmen. Andererseits mußte wirklich einmal Schluß sein mit den Nickis und den weißen Skirollkragenpullovern, die oben einen Reißverschluß hatten, der unangenehm am zart wachsenden Adamsapfel rieb. Schluß mußte auch sein mit den gelben Gummistiefeln und Regenmänteln und den legendären Brustbeuteln, die jede Mutter ihrem Kind für die Klassenfahrt mitgab, obwohl wir immer dafür plädierten, daß viel eher Bifi mitmüsse. Die Brustbeutel waren immer aus jenem jämmerlichen Leder gemacht, das ansonsten nur für das hellbraune Oberhemd von Old Shatterhand in den Winnetou-Filmen verwendet wurde und auf das man mit dem Filzer Namen von englischen

Bands schreiben konnte, aber natürlich nicht durfte. Angeblich, so lernten wir, waren diese Brustbeutel unglaublich praktisch, komisch nur, daß nie auch nur eine einzige Mutter ihr Geld auf diese praktische Weise mit sich herumtrug.

Unter der Bettdecke im kleinen Transistorradio hörten wir, während uns die ersten Achselhaare sprossen und dein Bac auch zu meinem Bac wurde, F. R. David singen, daß *Words don't come easy*. Wir hatten keine Ahnung, was die Spider Murphy Gang genau meinte, als sie vom *Skandal im Sperrbezirk* erzählte, und *One Night in Bangkok* ließen wir auch besser unübersetzt. Akustisch waren wir unglaublich genügsam. Schon das dumme Klickern des Edding-Stiftes und die Titelmelodien von *Bonanza* und *Western von Gestern* waren Musik in unseren Ohren, bei der Eurovisionsmusik vor *Wetten, daß ...?* überliefen uns kleine Wonneschauer, und wir versuchten sogar zwei Lieder lang, auf den Singles von Prinzessin Stephanie eine Tonspur mit weiblicher Stimme zu entdecken. CDs mit DDD-Qualität und dem Preis von 36,90 Mark erlebten wir erst am Ende unserer Schulzeit, die Jahre zuvor waren geprägt von hektisch aufgenommenen Kassetten, auf denen zwischen den Liedern immer letzte und erste Moderatorenworte zu hören waren und manchmal auch die Warnung vor einem Geisterfahrer oder Kühen auf der Fahrbahn. Es war übrigens in diesen ereignisarmen Zeiten ein durchaus abendfüllendes Programm, auf einer Kassette durch Vor- und Zurückspulen einem Freund ein bestimmtes Lied vorspielen zu wollen. Es ist im Rückblick fast merkwürdig, daß wir uns so fatalistisch dieser unglaublichen Umständlichkeit ergaben, obwohl die CD doch quasi vor der Tür stand, doch niemand ging auf die Straße und demonstrierte für schnelleres Finden von einzelnen Titeln auf Tonträgern, stoisch spulte man vor und zurück, bis irgendwann das Band riß und aus dem Kassettenrekorder quoll. Das war doch kein Leben. Leider war die einzige Kassette, die nie kaputtging, die, die mir Carmen einmal zu Weihnachten mit Liedern und Liebesgedichten von Erich Fried besprochen hatte und die weder sie noch ich beschriftet hatten und die dann zweimal für große Mißstimmung sorgte, als sie Judith und später einmal Franziska Jahre später in meinem Autoradio einlegten.

Aber das war ja auch schon die Zeit, als wir Auto fuhren, da wurde ohnehin alles komplizierter. Vorher waren auch die Diskussionen und das Leben etwas übersichtlicher. Man debattierte, ob die Füller von Geha oder Pelikan besser waren, obwohl klar war, daß sich Geha zu Pelikan verhält wie die Volksbank zur Kreissparkasse. Schön war, nachdem sich zumindest in unserer Klasse Pelikan klar durchgesetzt hatte, daß sich tatsächlich alle Jungen blaue Füller kauften und die Mädchen rote. Man debattierte auch, ob Converse-Turnschuhe oder die hohen von Adidas besser waren, und wenn Adidas, dann Allround in Rot oder Schwarz, und man drehte stundenlang am Zauberwürfel herum, bis alle Seiten die gleichen Farben hatten. Nicht debattiert wurde darüber, daß Turnschuhe mit Klettverschluß Unsinn waren, weil sie nicht hielten und die Klebefläche bald voller Fussel war.

Die Bleistifte rochen nach Erdbeer, die Radiergummi nach Vanille, und wer doof war, dem schmierten wir grünes Slimy in die Haare oder bewarfen ihn bei der Schwammschlacht, bevor der Lehrer in die Klasse kam, mit dem pitschnassen Schwamm. Dann warteten wir – belächelt von den frühreifen *Bravo*-Leserinnen, die in ihren aus Spanien mitgebrachten schwarzen oder blauen Espandrillos über den Schulhof schlappten – sehnsüchtig auf die neueste Ausgabe von *Yps*, um die Gimmicks auszuprobieren. Am nächsten Tag hatten wir dann alle das beigelegte Plastik-Dracula-Gebiß an, wodurch der erwünschte Überraschungseffekt ein wenig verwässert wurde.

Leider verriet weder *Yps* noch *Bravo*, wie man sich vernünftig anzog. Es waren harte modische Monate und Jahre, damals an der Schwelle von der Kindergröße 168 zu den Kategorien S und M. Wir Jungs kauften uns unsere ersten pastellfarbenen Popper-Jackets, zogen weiße T-Shirts von 3K drunter und wollten alle aussehen wie Don Johnson in *Miami Vice*. In der Tanzstunde banden wir uns dann schmale, dunkelrote Lederkrawatten um und trugen dazu zweireihige Anzüge und dunkelblaue Schuhe. Kein Wunder, daß niemand mit mir tanzen wollte. Zum Abschlußball mußte ich deshalb mit Katja gehen, sie trug schon damals dunkelblaue Röcke und weiße Rüschenblusen mit Schulterpolstern und Keulenärmeln, die Nase hatte sie sich mit einem Glitzerpulver besprüht. Man durfte auch die ersten weinroten Wolljackets bestaunen, die ihre Träger dann nie wieder ablegten. Wir sahen alle unglaublich albern aus. Wir trugen genau jene Schnitte und Kombinationen, über die wir uns dann fünf Jahre später lustig machten, als die glücklichen DDR-Bürger es wagten, in diesem Aufzug über die Grenze zu kommen.

Es gab kein H & M weit und breit, kein Gap, keinen täglichen Mode-Anschauungsunterricht durch die Schauspieler von *Gute Zeiten, schlechte Zeiten* und *Verbotene Liebe*, auch Peter Illmann in *Formel 1*, der fünfundvierzigminütigen Vorform von MTV und VIVA, trug unglaubliche Dauerwelle zu Jeansjacke und Jürgen-von-der-Lippe-Hemd. Nur Björn Engholm und Leo Lukoschik waren Kämpfer für den guten Stil, aber ein wenig wirkten sie damals wie der Südschleswigsche Wählerverband: wackere Einzelkämpfer, deren Anliegen man zwar nicht ganz verstand, aber die man aus Toleranzgründen gutmütig mitschleppte. Ändern konnten die beiden Pioniere nichts. Die Frisuren des restlichen Deutschlands blieben undefinierbar aufgebauscht und hochtoupiert, irgendwo zwischen Nena und den seltsamen Männern ihrer Band, der Münchner Freiheit, Stefanie Tücking und Morten Harket von Aha. Allein Margarethe Schreinemakers und ihr Mann Werner Klumpe erlauben sich noch am Anfang des 21. Jahrhunderts, solchermaßen frisiert rumzulaufen. Sehr beliebt war, bei späteren Soziologie- und Germanistikstudentinnen, auch die stolz zur Schau getragene, in Wahrheit potthäßliche Asymmetrie, die zu allem Überfluß noch mit langen Gebinden am freiliegenden Ohr auszugleichen versucht wurde. Die Mädchen, die sich die dünnen Haare hennarot färbten, gab es auch, aber sie sahen allmählich wohl selbst ein, daß das nichts brachte. Später färbte sich auch Franziska dann noch mal die Haare ein wenig kastanienbraun, was Hennarot für Fortgeschrittene war, aber den Vorteil hatte, daß man es eigentlich nicht sah (was man aber natürlich nicht sagen durfte). Erschreckender waren in unseren Tagen der frühen Jugend die allgemeinen Experimente mit der Dauerwelle. Tanja, Sonja, Katja, alle konnten sich dem nicht widersetzen, redeten aber gottlob bereits zwei Wochen später davon, daß »sich das wieder rauswächst«.

Dieses Rauswachsen sah dann in der Endphase genauso unschön aus wie das Rauswachsen von hennarotem oder blondiertem Haar, aber wir betrachteten das mit Nachsicht, denn immerhin hatten die Damen ihren Irrtum selbst eingesehen. Und außerdem gab es ja auch noch nicht die täglichen Vorabendserien. Denn die hätten ihnen dann gezeigt, daß es absolut albern ist, sich hinten aus der Frisur ein Schwänzchen herauswachsen zu lassen. Es war wie ein Wurmfortsatz der 68er, ein letztes begrenztes Widerstandsnest, eine revolutionäre Strähne am akkurat gestriegelten Kopf, die völlig sinnlos bis auf die Schulter wuchs und die dann irgendwann deutschlandweit wieder abgeschnitten wurde, weil die Beteiligten einsahen, daß man sich damit lächerlich machte. Zeitgleich hatten auch die winzigen Zöpfchen ein Ende, die durch kleine Frotteebändchen zusammengehalten wurden und der Trägerin ein freches Aussehen verleihen sollten, in Wirklichkeit aber nur aussahen wie die Bändchen im Haar der Monchichi-Püppchen.

Auf den meisten Pullis stand riesig United Colors of Benetton, Best Company oder Chevignon, es gab auch noch Restbestände von Fruit of the Loom – stolz trug man die Schriftzüge der Marken zur Schau, wie Thomas Anders seinen riesigen NORA-Anhänger – ein Hang zum Bekennertum, den in der Folgezeit vor allem Lkw-Fahrer mit ihren Namensschildchen in der Windschutzscheibe weiterentwickelten. Es waren auch jene Jahre, als es nicht mehr üblich war, Fußball-Sammelbildchen zu tauschen. Doch da man immer irgend etwas sammeln mußte, suchte man sich Ausweichgebiete. Kurzzeitig konnte man sich mit dem Sammeln von Telefonkarten beschäftigen, dann war es üblich, mindestens drei verschiedene Swatch-Uhren zu haben. Die waren nicht ganz so teuer und immer sehr schön bunt, doch als wir begriffen, daß man doch immer nur eine anziehen konnte, ließen wir es bleiben und begannen, Aufkleber zu sammeln. Wir rannten von Laden zu Laden und fragten nach Aufklebern, die wir dann zu Hause in Schuhkartons sammelten, wer welche aus London mitgebracht bekam, war der King. Der Besitzer des Salamander-Ladens war bitter enttäuscht, als ich ihm signalisierte, daß ich mich nicht länger für seine Lurchi-Comics interessierte und auch nicht für die Kickers-Schuhe mit rotem und grünem Punkt im Absatz, sondern zukünftig nur noch für Camel-Boots-Aufkleber. Hätte es damals schon Analytiker des Zeitgeistes gegeben, sie hätten dank unserer unerklärlichen Liebe zu nichtssagenden Stickern, die für Markenprodukte warben, die ganze Entwicklungsgeschichte der Generation Golf prophezeien können: also die frühe Liebe zum Oberflächlichen, der Markenfetischismus, die völlige Distanzlosigkeit zur Scheinwelt der Werbung. Aber leider gab es damals noch keine guten Analytiker, sondern zu viele schlechte Werbedesigner, und so verleidete uns eine einzige Kampagne ganz rasch den Spaß an unserer neuen Leidenschaft: Innerhalb weniger Monate war ganz Deutschland überzogen von einem Aufkleber, der der *Bild*-Zeitung beigelegt war und den sich dann Kinderschänder und Haustyrannen auf den Opel klebten: ein rotes Herz und obendrüber – geschrieben mit Buchstaben, die aussahen wie Russisch Brot – *Ein Herz für Kinder*. Damit war es aus. Eingekeilt zwischen rot-gelben *Atomkraft? Nein Danke* – und roten *Ein Herz für Kinder*-Aufklebern, suchten wir uns schnellstens wieder ein neues Hobby.

So gingen wir künftig in die Kleiderläden nicht mehr der Aufkleber wegen, sondern um neue Kleider zu kaufen. Die Farben waren farbig, die Palette entsprach der des Zauberwürfels, man kombinierte Bunt zu Bunt und dazu dann Jeans, und Hans Magnus Enzensberger schrieb: »Glücklicherweise läßt sich das Unpassende mit dem Unpassenden stets mühelos kombinieren.« Unglücklicherweise wußten wir damals noch nicht, wer Enzensberger ist.

Wir waren noch viel zu sehr mit der Wahl der richtigen Jeans beschäftigt. Je enger die Jeans, um so eindringlicher warnten uns unsere Mütter vor Impotenz, neben der Vergiftung durch Cola eine der großen mütterlichen Sorgen der achtziger Jahre. Es gab zwar immer verschiedene Jeansfirmen, die zu bestimmten

Zeitpunkten ultimativ in waren, aber im Rückblick verwandeln sich Replay, Wrangler, Mustang, Edwin, Joker und Levis zu einer einzigen undurchschaubaren blauen Stoffmasse, unsere damaligen Bemessungskriterien waren offenbar recht flüchtig, auch die genauen Unterscheidungen zwischen Teds, Mods, Rockabillys und Poppern sind merkwürdig verschwommen. Out war, das weiß jeder noch genau, in allen Lagern die Moonwashed-Jeans. Wobei Max Goldt, der Kolumnist der *Titanic* und obwohl Jahrgang 1958 irgendwie ein Ehrenpräsident unserer Generation, jetzt zu Recht einwenden würde, daß etwas nur out sein könne, wenn es irgendwann zuvor einmal in gewesen sei. Und daß Moonwashed-Jeans außerhalb von Zwickau je in gewesen sind, wird niemand ernsthaft behaupten wollen.

Obwohl wir alle ein Jahr lang geglaubt hatten, es gäbe keine häßlicheren Hosen als weite Moonwashed-Jeans in der Karottenform mit Bundfalte, wurden wir doch eines Besseren belehrt: zum einen durch hautenge Moonwashed-Jeans in der sogenannten Röhrenform, die, kombiniert mit weißen Socken und zu kurzen Jeansjacken, vielleicht den ästhetischen Supergau der achtziger Jahre darstellen. Oder fast: Der ultimativ größte anzunehmende ästhetische Unfall war dann doch die Stonewashed-Jeans mit aufgedruckten Veilchen auf den Arschtaschen. Als Nicole damit einmal Montag morgens in die Schule kam und die obligatorische Frage »Ist die neu?« sogar noch stolz mit »Ja« beantwortete, anstatt sich, wie es sich gehört hätte, ordentlich zu schämen, war sie für mich endgültig gestorben. Dabei hätte ich es ahnen können, denn auch die speckigen Wachstuchumschläge aus Rot und Blau, die man damals als braves Mädchen um die Mathehefte machte, beklebte sie nicht nur mit Alf, sondern auch mit Blumenstickern, die man ansonsten nur aus Poesiealben kannte, wo sie sich besonders gut neben lila Tinte machten. Nun gut. Wenn ich heute in einer sächsisch-anhaltinischen Kleinstadt in das Schaufenster von Petra's Modestübchen schaue und Stonewashed-Jeans mit Veilchenaufdruck sehe, muß ich immer an Nicole denken und daran, was wohl aus Frauen wird, die schon als Mädchen helle Jeans mit Veilchen tragen. Große Chancen haben wir ihnen damals jedenfalls nicht gegeben. Der Spruch hieß: Doof bleibt doof, da helfen keine Pillen.

Ich hatte mir damals zwar auch einmal eine rote Jeans gekauft, weil ich mir in dem Laden mit dem unglaublichen Namen Jugendmoden kurzzeitig vorgestellt hatte, so etwas könnte Katja gefallen. Aber als ich sie dann zu Hause anzog, beschloß ich, sie fortan besser im Kleiderschrank verkümmern zu lassen. Zu den Jeans jedweder Farbe und Gesinnung trugen Männlein wie Weiblein Sweatshirts, eine heute ausgestorbene Kleidungsgattung, unter die man gleichfalls bunte Polo-Shirts zog, deren Kragen man oben flach umknickte. Eine Kombination, die auch nicht dadurch gewann, daß die Sachen von Lacoste waren.

Die ersten Sonnenbrillen, die man sich kaufte, versah man mit neonfarbenen Bändern, aber ich konnte sie immer nicht so lange aufsetzen, weil ich damit nichts sah und mir noch niemand gesagt hatte, daß man sich auch die Gläser von Sonnenbrillen zurechtschleifen lassen konnte. Es gab auch nur braune Gläser, Blau kam erst später. Einmal radelten wir mit unseren ersten Sonnenbrillen in einer Dreierreihe durch die Parkstraße und sangen lauthals *Reality*, die parfümierte Titelmelodie von *La Boum*, als es plötzlich tatsächlich Bumm machte, weil Frank, der rechts gefahren war und ebensowenig durch seine Gläser sah wie ich, volle Kanne gegen ein geparktes Auto gerast war. Das kostete ihn einen Schneidezahn, und ich ging mal zum Optiker. Wahrscheinlich war mir nichts passiert, weil ich am Arm ein indianisches Glücksband trug, das ich von Katja geflochten bekam, nachdem ich ihr ins Poesiealbum geschrieben hatte »Sei wie eine Rose«.

Ich wollte aber eigentlich viel lieber sein wie Karl-Heinz Rummenigge. Zwar war ich eigentlich Schalke-Fan, doch ich durchlebte damals harte Zeiten, weil Schalke abgestiegen war aus der Bundesliga und die Clubs damals noch nicht, wie heute, sofort wieder aufstiegen. Deshalb nahm ich mir Karl-Heinz Rummenigge zum Vorbild, obwohl er nicht bei Schalke war, sondern bei den scheiß Bayern, aber was half es. Abends, wenn ich allein war und das Schalke-Spiel mit den hellblau-dunkelblauen Playmobilfiguren nachspielte, war ich wieder Rüdiger Abramczik beziehungsweise Klaus Fischer. Als dessen Fallrückzieher-Tor in der Sportschau zum Tor des Jahrzehnts gewählt wurde, ging ich am nächsten Tag in die Schule mit der Erwartung, von allen Seiten beglückwünscht zu werden.

Wir Jungen mußten Jupp Derwall als Bundestrainer ertragen und brachten in den Klassen 4 bis 6 den Großteil des Jahres damit zu, vor der Schule Fußballsammelbildchen zu kaufen, die wir meist alle doppelt hatten, um sie dann in den Pausen wieder zu tauschen. Auch während der Stunde drehte sich alles um den Ballsport. So unbeliebt Geha-Füller waren, so beliebt waren die Patronen, weil man die besser aufbeißen konnte als die zu elastischen von Pelikan. Auch waren die Kügelchen von Geha immer weniger blau und man hatte darum hinterher weniger verschmierte Lippen und nicht diesen unangenehmen metallischen Geschmack von Tinte im Mund. Hatte man erst mal den Ball befreit, konnte man mit Ratzefummeln zwei Tore bauen, geschossen wurde mit den Filzstiften, die zwei unterschiedlich dicke Strichstärken hatten. Meist konnte man das Spiel so lange geheimhalten, bis der kleine Ball vom Tisch fiel und dann in großen Sätzen durch das ganze Klassenzimmer dotzte. Als wir noch auf allen vieren auf dem Boden kleinen, leicht bläulichen Bällchen hinterherkrabbelten, begannen die Mädchen bereits damit, sich Poster mit Sonnenuntergängen an die Wand zu hängen und Vanilletee zu trinken, wenn sie *Die Möwe Jonathan* oder *Hallo Mr. Gott, hier spricht Anna* lasen und dazu Klaus Lage und Jennifer Rush hörten. Neben den Sonnenuntergängen an Palmenstränden, die bei manchen auch in den hölzern getäfelten, grausamen Partykellern hingen, konnte man bei der *Bravo* Bandplakate bestellen. Katja hatte aber auch immer Tierposter über dem Bett hängen, sie kamen aus dem *Medi & Zini*-Heft, das man in der Apotheke bekam, wenn man Hustensaft abholte. Auf der Rückseite wurde einem erklärt, warum man sich zweimal am Tag die Zähne putzen mußte und wie Grippeviren wirken. Dafür liefen die beiden Knirpse Medi und Zini fröhlich durch Därme und Mundhöhlen, aber das fanden wir nicht ganz so spannend. Ebensowenig wie die *Junior*-Hefte, die es beim Optiker gab.

Unsere Aufklärung in naturwissenschaftlichen Fragen hatten wir frühzeitig dem Fernsehen übertragen. *Die Sendung mit der Maus* und *Löwenzahn* mit Peter Lustig versorgten uns zuverlässig mit allen notwendigen Informationen darüber, wie die Löcher in den Käse kommen und das Bizzel in den Sekt. Aus den Schulbüchern war so etwas ohnehin nicht zu erfahren. Vor allem die Lehrbücher in Französisch und Englisch nervten. Das fing schon damit an, daß man sie am Anfang des Schuljahres in eine durchsichtige Plastikfolie mit roten Rändern einfassen mußte, obwohl sie ohnehin schon aussahen wie Sau. Auch im Inneren waren sie ganz aus der Zeit gefallen. Die Fotos in dem Englischbuch zeigten auf schummrigen Schwarzweißbildern Autos auf dem Trafalgar Square, deren Marke niemand rekonstruieren konnte. Auch war im Englischbuch und im so futuristisch wie veralteten Sprachlabor immer die Rede von der Pollution in London und vom Nebel (dense fog) – doch von all den Wörtern, die wir wirklich in Englisch brauchten, wenn wir mit unserem Computer arbeiten wollten oder *Cherie Cherie Lady* zu übersetzen versuchten, lernten wir: keines. Statt dessen so alberne unregelmäßige Verben wie wring, wrang, wrung, obwohl ich selbst im Deutschen bislang das Wort ausgewrungen nur zweimal in meinem Leben gebraucht habe. Im Französischlehrbuch gab es wenigstens keine Schwarzweißfotos, dafür aber Strichzeichnungen und immer ein Mädchen, das Monique hieß und das in der Küche Salade niçoise machte, damit wir ein Wort lernten mit einem Häkchen unterm c. Viel anfangen konnte man damit nicht, wie man an der nervtötenden Sprachlosigkeit sah, die zwischen unseren Nachbarklassen und ihren französischen Austauschschülern herrschte. Die Idee, Schüler zwischen Deutschland und Frankreich auszutauschen, ist eine unselige Verbindung aus Günter-Grass-Sozialdemokratie und United-Colors-of-Benetton-Völkerfreundschaft. In Wirklichkeit funktionierte es nie, alle waren froh, wenn die Zeit endlich vorbei war und sie wieder ihre Ruhe hatten, und schön waren die französischen Austauschschülerinnen auch nur in den Träumen deutscher Filmemacher. Ich war sehr glücklich, als meine Mutter im Elternvorstand irgendwie die anderen Eltern davon überzeugt hatte, daß unsere Klasse sich aus dem Austauschschülerwahnsinn ausklinken sollte. Und wenn ich sonntags versonnen auf der Wiese lag und in den Himmel guckte, dachte ich mitleidig an die anderen aus der Parallelklasse, die nun zum achten Mal mit ihrem Austauschschüler in die Tierfreiheit fahren mußten oder nach Rothenburg ob der Tauber.

Der Unterschied zwischen Jungen und Mädchen bestand zu jener Zeit vor allem darin, daß Mädchen ihre kleinen roten Aufgabenhefte über das ganze Schuljahr hin ordentlich führten, während wir bereits nach einer Woche aufgaben und so permanent in dem ungewissen Gefühl lebten, nicht genau zu wissen, was noch zu tun war. Ich erinnere mich, daß ich immer sonntags im Jugendgottesdienst, wenn die Liednummern angesagt wurden, bei 3 e–f nur daran denken mußte, daß ich die Mathehausaufgaben, 4 a–d, noch nicht gemacht hatte.

Immerhin gab ich mir fast bis zur Volljährigkeit zum Schuljahresbeginn immer wieder besondere Mühe, ich schrieb, als gäbe es noch einmal, wie zu seligen Grundschulzeiten, eine Note für Schönschreiben, und wenn es Überschriften gab, nahm ich extra den roten Buntstift und unterstrich sie mit dem Lineal. Dann kam es irgendwann vor, daß ich das richtige Heft vergessen hatte, und ich begann, mit dem Kuli auf einen Zettel zu schreiben. Ich sagte zum Lehrer: »Ich trage es hinterher nach.« Und am Nachmittag vor der Klassenarbeit, wenn ich wie verzweifelt die ganzen vollgeschriebenen Zettel suchte, ärgerte ich mich grün und blau, daß ich es natürlich mal wieder nicht nachgetragen hatte. Dann mußte ich immer hektisch aufs Rad steigen, zu Rüdiger fahren und sein ganzes Heft beim Fotoladen kopieren.

Solche Sorgen hatten die Mädchen nie. Sie fingen damals an, sich Impulsspray, das Parfüm Loulou und rosa Lipgloss zu kaufen und den Schminktips aus *Pop Rocky* nachzueifern. Auch Oilily, die bislang nur sehr hellblaue und rosa Sweatshirts produziert hatten, gaben plötzlich Schminksets für junge Mädchen heraus. Sehr eklig fand ich immer den rosa Labello, den die Mädchen während des Unterrichts weiterreichten wie einen Joint, bis auch die zehnte sich die Lippen befeuchtet hatte. Kein Wunder, daß dann immer alle gleichzeitig Pfeiffersches Drüsenfieber hatten. Bei den Augen gaben sich die jungen Damen etwas mehr Mühe. Zeitweise wurde sogar versucht, beim Lidschatten Lila mit Pink zu kombinieren. Das ging nicht gut.

Es war üblich, daß die Mädchen in den Freistunden in der Oberstufe, oder wenn sie Französisch schwänzten, während wir uns beim Metzger Wurstbrötchen kauften, in den nächsten Drogeriemarkt gingen, der damals noch nicht Body Shop hieß, und sich stundenlang aus den herumstehenden Flacons Duftproben auf die Unterarme spritzten. Auch als Geburtstagsgeschenk war nichts so beliebt wie ein kleines Potpourri verschiedenster Konsistenzen und Düfte. Aber das reichte nicht. Die Kindergeburtstage der Mädchen wuchsen sich bei uns zu einer Veranstaltung aus, die den Familienvater finanziell und organisatorisch bereits auf die spätere Ausrichtung der Hochzeit vorbereiteten. Es galt nicht nur, sämtliche Kinder zur gewünschten Zeit wieder mit dem Auto nach Hause zu fahren. Auch mußte neben einer üppigen Kuchenpalette ein zünftiges Abendessen geboten werden, das in der Regel neben Spaghetti mit Tomatensoße auch Pommes und Hähnchen umfassen sollte. Danach war dann allen übel, weil wir zwischendurch noch den halbrosa, halbgelben Schweinespeck genascht hatten. Ich kann mich übrigens an kein einziges Geschenk erinnern, daß ich damals von meinen Freunden bekam; ich weiß nur noch, daß es nicht so schlimme nützliche Sachen waren wie bei der Konfirmation. Von Jahr zu Jahr steigerten sich die Essensangebote, es kam zu einer wahren Tyrannei der frühen Event-Kultur, die uns mustergültig für unser späteres Leben im Kreise unseren Generationsgenossen schulte. So wurde es sogar üblich, daß am Ende einer Geburtstagsfeier das Geburtstagskind allen seinen Gästen zum Abschied ein kleines Beutelchen mit Süßigkeiten und kleinen Geschenken überreichte, eine an sich hirnrissige Handlung, die aber schon zeigte, wohin die Reise gehen sollte: Selbst beim eigenen Geburtstag kommt es vor allem darauf an, sich standesgemäß zu inszenieren. Auch das hatten die Mädchen mit ihrem Lidschatten schon besser begriffen.

So gab es erste Arzttöchter, die abends aufs heimische Solarium gingen und die sich nicht scheuten zu sagen, sie besuchten mit ihrer Mutter das Kosmetikstudio, um die Mitesser zu beseitigen. Sie trugen damals auch plötzlich farbige, unterhemdartige Hemdchen überm T-Shirt, sie kauften und strickten sich sinnlose Stulpen und tanzten Aerobic wie Jennifer Beals in *Flashdance*. Eine der größten Enttäuschungen meiner Jugendzeit entstand in jenem Moment, als ich am Ende von *Flashdance* merkte, daß die unglaublich akrobatische Szene gar nicht von der zierlichen Jennifer Beals getanzt wurde, sondern von einem Schauspieler, der von hinten gefilmt wurde und eine Perücke mit Locken trug. Auch so etwas prägt.

Wenn man die achtziger Jahre in einem Satz zusammenfassen will, was natürlich nicht geht, dann könnte man sagen, daß das die Zeit war, als die Gattinnen von Bundespräsidenten anfingen, Stiftungen für unaussprechliche Knochenkrankheiten zu gründen, Familienväter mit kurzen Hosen in Bahnhöfen auf der Lauer lagen, um den ersten durchbrausenden ICE zu fotografieren, Nachrichtensprecher im Radio noch nicht als erstes sagten, wie sie heißen, und es bei den Fernseh-Wettervorhersagen immer noch ganz oft sinnlos piepste, wenn der Pfeil auf der Windrose zur Ruhe gekommen war. Es war die Zeit, als man noch nicht wußte, was Mozzarella mit Tomate ist, und man den Fernseher ausschalten und die Erdnußflips zur Seite stellen konnte, wenn weder im Ersten, noch im Zweiten oder dem Dritten etwas Vernünftiges kam. Die Zeit, als es ab halb eins nur Testbilder im Fernsehen gab und man den Herbstbeginn noch nicht daran bemerkte, daß es wieder Mon Cherie gab, sondern daran, daß man mit Kastanien und Streichhölzern kleine Männchen baute. Wenn die Kastanien eingetrocknet waren, war Weihnachten. Man könnte auch sagen, dies war das Jahrzehnt, als man noch »Stück ma 'n Rück« und »zum Bleistift« sagte und wir im Sommerurlaub immer ganz geplättet im Hotel ankamen, weil wir zwar noch mit hartgekochten Eiern reisten, aber noch ohne die albernen Bärenköpfe, die man von innen an die Scheibe kleben kann, um die Sonne abzuhalten. Aber damals beschäftigte man sich einfach noch nicht mit Autos.

Formel-1-Fahrzeuge gab es nur auf Quartettkarten, aber als es noch keinen Schumi gab, geschweige denn Schumi 2, und keine Übertragungen auf RTL, interessierte das auch weiter niemanden außer unseren Kfz-

Mechaniker. Die Zeit, in der wir uns für Matchbox-Autos und kurz darauf Matchbox-Witze begeisterten, hatten wir gerade glücklich hinter uns gelassen, und wir waren noch zu jung, um uns schon den Kopf darüber zu zerbrechen, welche Fahrschule am billigsten ist. Autos waren damals vor allem nur Flächen für Aufkleber. Da gab es, zum einen, die riesige Armada von *Nicht hupen, Fahrer träumt vom FC Bayern*-Aufklebern (von Schalke gab es ihn leider nie). Oft wurde das kombiniert mit den gelben Ortsschildern, mit denen achtzehnjährige Lokalpatrioten die Heckscheibe ihrer Opel versahen. Daneben klebten in unserem Ort auch Sticker mit dem Hinweis *Bier hält fit – Euer Wirt*, die nicht mit der späteren *Fit for fun*-Welle verwechselt werden sollten und die im Schattenriß verschiedene Sexualstellungen zeigten. Damit sollte den potentiellen Weibchen gezeigt werden, daß übermäßiger Bierkonsum, eine in unseren oberhessischen Breiten damals sehr verbreitete Form der Konsumgesellschaft, das Männchen keinesfalls am regelmäßigen Paarungsakt hindert. Im Gegenteil. Am beachtlichsten waren aber dennoch jene neonfarbenen Abziehfolien-Farbkleckse, von denen bis heute ungeklärt ist, was sie eigentlich demonstrieren sollten (auch daß sie fast zeitgleich auf der Steffi-Graf-Tennisrockkollektion auftauchten, machte die Sache nicht besser). Sie wurden oft kombiniert mit *Bier hält fit*-Bekenntnissen und machten sich besonders gut auf allen Modellen aus dem Hause Opel. Wahrscheinlich gab es damals auch schon sehr viele Golfs, wir sahen sie nur nicht, weil sie meist hinter den riesigen KENWOOD-Aufklebern verborgen waren.

Doch irgendwann fuhr auch über die Straßen unserer Provinz ein erstes dunkelblaues Golf-Cabrio, verziert mit einem winzigen Aufkleber, den man zunächst für die Brandnarbe auf der Stirn Gorbatschows hielt, aber später als Sylt identifizierte. In diesem Auto saß eine junge blonde Frau mit Sonnenbrille. Sie war auch die erste, die eine dunkelgrüne Barbour-Jacke trug. Diese blonde Frau war die Pionierin der Generation Golf. Ihr dunkelblaues Golf-Cabrio wies uns den Weg heraus aus der Tristesse der Achtziger.

2. »Ich wollte alles anders machen als mein alter Herr. Und nun fahren wir das gleiche Auto«

Generation ohne Generationenkonflikt. Gute Söhne, gute Töchter. Der Golf.

Natürlich weiß auch die Generation Golf, daß es so etwas gibt wie Pubertät und daß es dazugehört, irgendwann patzig gegen die Eltern aufzubegehren. Aber anders als die Vorgängergeneration waren wir nicht so dumm, durch stundenlanges Beharren auf einer bestimmten Musikkassette im Autoradio die Stimmung des gesamten Familienurlaubes nachhaltig zu beschädigen. Wir setzten unseren Willen durch, doch wenn die Eltern dann ab dem Frankfurter Kreuz bis in die Toskana die Brandenburgischen Konzerte hören wollten, gaben wir gnädig nach. Und ließen uns natürlich dieses Nachgeben später auszahlen: etwa in Form von neuen Badehosen, täglichen Eisbechern und, ihr habt es versprochen, Aufbleiben bis elf. Das war dann im Endeffekt besser, als fünf Stunden lang Kajagoogoo zu hören. Wir hatten frühzeitig die Lektion begriffen, die dann im Jahre 1994 in der bald darauf gestorbenen Zeitschrift *Tempo* zu lesen war: »Alle Leute, die panisch darauf bedacht sind, bloß nicht zu werden wie ihre Eltern, machen in der Regel komplette Idioten aus sich.«

Entsprechend wurde die Pubertät von uns gezielt eingesetzt und nicht wahllos. Mein älterer Bruder, Jahrgang 1962, war da noch viel, um es mit dem Adjektiv-Annex der achtziger Jahre zu sagen, lehrbuchmäßiger:

Nicht nur, daß er auch so aussah wie der »junge Mann mit 20 Jahren« aus unserem Biologiebuch. Er benahm sich auch so, wie es dort beschrieben stand. Später erzählte er mir, er habe eigentlich nie einen Schnurrbart tragen wollen, aber er hätte gewußt, daß das unsere Mutter auf die Palme bringt. Ich beschloß frühzeitig, aus diesen Fehlern meines Bruders zu lernen. Denn wahrscheinlich wegen des Schnurrbartes und des Yamaha-Motorrades, das er sich zusammengespart hatte, vermuteten ihn meine Eltern frühzeitig auf der schiefen Ebene. Deshalb hämmerten sie immer an seine Tür, wenn er ganz laut Led Zeppelin oder Deep Purple hörte, und sagten ihm, daß ja Volleyball gut und schön sei, wichtiger jedoch seien Lateinvokabeln. Das alles führte natürlich zu nichts außer zu großen beidseitigen Energieverlusten.

Mein Bruder machte immer so richtige Pubertätssachen. Er fuhr frühzeitig von unserem Familienurlaub in Sylt nach Hause, um seine Freundin Sabine schneller wiederzusehen, trank immer Bier, obwohl bei uns nur Tee und Weißwein geschätzt waren, spielte auch einfach nicht mehr Cello – wohl, weil meine Eltern ihn dabei zu sehr unterstützten. Das war insofern eine Schande, als er der Musikalischste von uns allen war und es sicher weit gebracht hätte, wenn er schon gewußt hätte, daß man Sachen auch tun kann, wenn sie die Eltern fördern. Max Goldt, ein Generationsgenosse meines Bruders, hat einmal geschrieben, daß nur Kinder, die Alexander hießen, Cello spielten und aufs Altsprachliche gingen, und es ist deshalb wohl fast zwangsläufig gewesen, daß mein Bruder seinen

Sohn Alexander genannt hat und er nun sehnsüchtig darauf wartet, daß er größer ist als das kleinste Cello, um ihn wöchentlich zweimal zur Musiklehrerin zu fahren. Um es mal so zu sagen: Mit solchen Sachen wollten wir von Anfang an nicht auf unsere eigenen Kinder warten. Beziehungsweise: Der biologische Sinn der Pubertät hat sich uns, glaube ich, nie ganz erschlossen. Benjamin behauptet, er habe allein schon deshalb keine Pubertät durchmachen wollen, weil er befürchtete, dann so auszusehen wie der Storck-Riese in der Werbung für die Storck-Riesen, der vorher ein netter Junge war und dann plötzlich diesen schrecklichen Parka anhatte. Nein, so wie der Storck-Riesen-Junge wollten wir alle nicht werden. Es hat wahrscheinlich wirklich viel mit den Süßigkeiten zu tun. Eckhart glaubt, wir würden nicht erwachsen, weil wir alle viel zu gerne Schokolade essen und noch Ende Zwanzig Kinderschokolade für den Gipfel der Genüsse halten. Wir bleiben deshalb wie der rotbackige, unglaublich saubere Junge mit braunem Siebziger-Jahre-Haarschopf, orange-weiß gestreiftem Hemd und strahlend weißen Zähnen auf der Packung: ewig jung, dank der Extra-Portion Milch.

Ich selber wollte auch deshalb nicht erwachsen werden, weil ich nicht gefragt werden wollte: »Und, wie fühlt man sich mit achtzehn?« Vor allem jedoch wollte ich nicht erwachsen werden, um nie in Gästebücher schreiben zu müssen. Es gehört sicherlich zu den schlimmsten Dingen, daß man am Ende eines langen Abends, wenn man endlich seinen Mut zusammengenommen hat, um mit bleischwerer Stimme zu sagen:

»Ich glaube, wir müssen mal langsam«, von den Gastgebern ein Gästebuch gereicht bekommt. Im Fernsehen wird so etwas nie gezeigt, aber es ist fürchterlich. Man ist leicht betrunken und müde, und dann schauen die Gastgeber ganz erwartungsfroh, und man soll unter Aufsicht kreativ sein. Als ich das erste Mal bei Freunden von uns ins Gästebuch schreiben mußte, sie waren 25 und ich auch, da wußte ich, daß wir nun unweigerlich erwachsen geworden sind. Ich wollte nach Hause, doch die Gastgeberin ließ uns keine Chance. Ich schrieb meinen Namen rein und das Datum, aber das war nicht unbedingt das, was von uns erwartet wurde. Inzwischen ist ja so oft davon die Rede, daß wir in einer Dienstleistungsgesellschaft leben. Ich mag das nicht glauben. Ich glaube erst dann an die real existierende Dienstleistungsgesellschaft, wenn es nicht nur Pizza-Services und Hunde-Ausführdienste gibt, sondern auch jemand, der einem Gästebucheinträge liefert, bei denen sich der Name der Gastgeberin auf »wunderbar gegessen« reimt und der des Gastgebers auf »Spitzenentertainment«. Man könnte das Dienstleistungsangebot auch sofort erweitern um Sprüche, die Ortsverbände der CDU-Frauenunion in die Gästebücher von Paula-Modersohn-Becker-Ausstellungen schreiben könnten. Denn was man bislang in Gästebüchern von Paula-Modersohn-Becker-Ausstellungen von Mitgliedern der CDU-Frauenunion zu lesen bekommt, ist inhaltlich unter aller Kanone.

Gerade beim Erwachsenwerden hat der Golf eine große Rolle gespielt. Man sah, daß die nettesten Mütter, die ihre Kinder nach der Schule mit dem Wagen abholten, immer in einem Golf vorgefahren kamen. Gut, damals gab es noch dieses Knallrot, und manche fuhren ihn auch in Silber, aber das war zweitrangig. Wichtiger war, daß Frau Klarmann und Frau Böhm, die die Nettesten waren, mit einem Golf kamen, um uns abzuholen, und wir so lernten, daß nette Menschen nicht nur Kümmerling trinken, sondern auch nette Autos fahren. Auch die sympathische Mami, die dem kleinen Jungen Kinderüberraschungseier aus der Stadt mitbringt, stieg natürlich in ein Golf-Cabrio, um zum Supermarkt zu fahren. Bis es dann soweit war, daß auch wir erstmals in einem Golf sitzen durften, ging allerdings noch ein Weilchen ins Land. In unserer Stadt nämlich gab es nur eine einzige Fahrschule, und die lehrte aus unerfindlichen Gründen das Fahren nur mit Fiats. Es mag sein, daß manchem von uns der Sprung vom Kettcar in einen Fiat Panda nicht allzu groß vorgekommen ist. Zur Fahrschule gehörte auch eine Tankstelle. Und zum Fiat paßte, daß es dort kein Benzin von, sagen wir, Aral oder Shell gab, sondern von einer obskuren Ostblockmarke, die man sonst nirgendwo sah. Niemand tankte dort gerne, weil man Angst hatte, sein Auto zu beschädigen, und ich weiß noch, wie ärgerlich meine Eltern waren, wenn sie sonntags bei der unaussprechlichen Firma tanken mußten, weil die Shell-Tankstelle geschlossen hatte.

Niemand fragte uns, ob wir Lust hatten, Fahrstunden auf einem Fiat zu machen. Aber wir waren ohnehin einiges gewöhnt. So gab es in unserer Klasse Ingo, der schon mit sechzehn Jahren mit dem heimischen Traktor zur Schule gefahren kam, wenn er den Bus verpaßt hatte, weil morgens eine Kuh gekalbt hatte. Das war eines der großen Mysterien für mich, wenn die sechzehnjährigen Freunde plötzlich mit einem Traktor auf dem Lehrerparkplatz parkten und ich mich dann fragte, wo in einem der Dörfer eine solche Traktorfahrschule betrieben wurde und ob es dort auch solche Fragen gab mit Vorfahrtsregelungen, oder ob sie ohnehin nur darauf achten mußten, auf dem heimischen Bauernhof nicht die Hühner zu überfahren. Eines der Mysterien, die nie geklärt werden konnten, denn schon als ich nach der zehnten Klasse in den großen Nachbarort aufs Gymnasium wechselte, hielt man meine Geschichte mit Sechzehnjährigen, die mit dem Traktor zur Schule fahren, für Räuberpistolen.

Es gab auf dem Lande damals ein Verkehrszeichen, das man überall sehen konnte. Oben war ein Traktor-Piktogramm, und drunter stand »Dürfen überholt werden«. Damals war einem noch nicht ganz klar, was damit gemeint ist. Denn es waren ja gerade die Traktorfahrer, die als erste zur Schule fahren konnten und dann auch als erste Geld hatten, weil sie eine Lehre machten. Später dann, auf den Klassentreffen zehn Jahre drauf, als sie immer noch Traktor fuhren und noch immer T-Shirts zu Trainingshosen trugen, wurde mir klar, daß wir die Erlaubnis, die Traktorfahrer zu überholen, längst in einem ganz umfassenden Sinne verstanden hatten.

Nun gut, egal ob Kettcar oder Traktor, das erste richtige Auto für uns alle war jedenfalls ein Fiat Panda.

Wie bescheiden man doch wird, wenn man sich den örtlichen Gegebenheiten anpaßt, wird schon allein dadurch deutlich, daß wir uns ernsthaft von der Euphorie des Fahrlehrers anstecken ließen, als der uns erzählte, in zwei Monaten würden wir auf dem neuen Fiat Uno geschult. Das muß man sich mal vorstellen: Während unsere Generationsgenossen in Düsseldorf, auf Sylt, in Hamburg und am Starnberger See schon fast in ihren dunkelblauen Golf-Cabrios saßen, freuten wir uns in unserem Vogelsberger Ort gemeinsam auf die baldige Ankunft eines goldbraunen Fiat Uno, als wäre es ein zweiter Weltspartag. Als wir dann von der bretterharten Sitzgarnitur des Panda in die butterweiche Polsterung des Uno überwechselten, sprachen wir mit Hakle-Feucht-Toilettenpapier: Das Leben ist wieder ein kleines Stückchen weniger hart geworden.

Obwohl sich für mich die Schwierigkeiten durch den Uno nur vergrößerten. Anstelle von vier besaß dieser Feuerofen fünf Gänge. Da ich in der Theoriestunde fehlte, als der fünfte Gang durchgenommen wurde, machte ich ihn wochenlang immer rein, wenn es mir angebracht schien, was nicht unbedingt dem entsprach, was der Fahrlehrer und die Kupplungskonstrukteure damit im Sinn hatten. Ich brauchte am Ende achtundzwanzig Fahrstunden, davon die ersten zehn nur mit dem ersten und zweiten Gang. Doch als bereits die ersten Jungen aus der Klasse unter mir mit in der Theoriestunde saßen, nahm ich meinen ganzen Mut zusammen und meldete mich zur Prüfung an. Zum Glück hatte ich mit dem Fahrlehrer ausgemacht, daß er mich in brenzligen Situationen durch eifriges Husten darauf aufmerksam machen sollte, daß etwas nicht stimmt. Einmal wartete ich zirka fünfzehn Minuten, bis ich mich entscheiden konnte, ob ich dem Wunsch des Prüfers Folge leisten sollte, nach links abzubiegen, obwohl ich hier laut blauem Pfeil nur rechts abbiegen durfte. Als der Hustenanfall meines Fahrlehrers auf der Rückbank nach drei Minuten wirkte wie ein asthmatischer Anfall, entschloß ich mich in einem Anflug von Weitsicht, das zu tun, was ich durfte, und nicht das, was mir gesagt wurde. Ein Zeichen auch dafür, daß wir selbst in der Fahrschule neben dem obligatorischen Schulterblick noch andere elementare Dinge fürs Leben lernten.

So hatte ich dann den Führerschein, klebte stolz ein Foto rein mit mir in einem ganz breit grün-gestreiften Hemd und darüber einem Benetton-Rautenpulli, der aussah wie eine 200-Prozent-Vergrößerung eines Burlington-Sockens. Meine Haare waren vorne hochgekämmt, ich hatte gerade große Probleme mit meiner Freundin, dem Februar entsprechend waren die kleinen Pickel sehr gut auf der blassen Haut zu sehen, was zu einem eher jämmerlichen Gesamteindruck führte. Zumal, wenn man bedenkt, daß mich der alberne Eitelkeitsanflug des brillenlosen Paßfotos noch jahrelang verfolgte, denn direkt neben dem Foto stand, daß Sehhilfen zu tragen seien, und auf diese Diskrepanz verwiesen mich seitdem ungefähr dreihundertvierundzwanzig deutsche Streifenpolizisten. Auf meine erste Begegnung mit einem moosgrünen Uniformträger mußte ich nach dem Führerscheinerwerb allerdings nur genau zehn Tage warten.

Mit im Wagen saß Franziska, sie war unglaubliche 24 und studierte, was für uns damals ungefähr soviel bedeutete wie: kennt die Welt, Hasch und Bars in Monte Carlo. Aber wenn ich es recht bedenke, war sie doch keine rechte Generationsgenossin. Nicht nur, weil sie bloß Dortmund kannte, den Schuhladen Hush-Puppies und die Kneipen in Bielefeld, sondern auch, weil sie eine rote Ente fuhr, in der es aussah wie im Flur einer Siebziger-Jahre-WG. Überall lagen alte *Zeit*-Ausgaben herum, mit gelbem Textmarker angestrichene Artikel über Friedrich Küppersbusch aus dem Stadtmagazin *Prinz*, verschiedene, mit allen Hundertwassern gewaschene Umhängetücher, Haarbänder aus geknüddeltem roten Samt und eine Strandmatte mit grünem Rand, die nach Sonnenschutzfaktor 20 roch und nach belgischer Nordseeküste. An der Heckscheibe prangte eine zerrissene Kette, die für amnesty international warb, sowie ein Aufkleber ihrer nordrhein-westfälischen Reformuni, den sie wahrscheinlich direkt über den *Abi 84*-Sticker geklebt hatte. Mit diesem Wagen fuhren wir natürlich nicht, sondern mit dem Golf meiner Mutter. Ich am Steuer. Wir fuhren die Strecke, die ich sonst immer zweimal am Tag mit dem Schulbus oder im Golf von Frau Klarmann oder Frau Böhm zurücklegte, und deshalb sagte ich zu ihr beim Einsteigen, so wie ich mir vorstellte, wie es Richard Gere zu Julia Roberts gesagt haben würde: »Die Strecke kenne ich wie meine Hosentasche.« Ich sagte tatsächlich Hosentasche und nicht Westentasche, und vielleicht war das der Grund, warum ich bereits nach einem Kilometer auf tückischem Rauhreif arg ins Schlingern kam. Nicht jeder hatte damals so uneingeschränkten Spaß wie Markus, wenn er Gas gab. Uns jedenfalls kam ein goldener Audi 80 entgegen, ein Wagen, der heute komplett nach Polen und Weißrußland ausgewandert zu sein scheint. Den Audi 80 touchierte ich an der gesamten Länge und zerbeulte ihn. Dieses Touchieren warf mich zurück nach rechts, wo ich erneut aufs Rauhreif geriet, um sofort das Steuer herumzureißen und mit vollem Karacho einen uralten Ford rammte, der uns ebenfalls entgegenkam. Ich erwischte ihn ziemlich gut, er flog nach rechts in den Straßengraben, wir nach links, überschlugen uns sogar. »Wie durch ein Wunder wurde niemand verletzt« wäre die Standardformulierung. Die Sätze »Die Rettungskräfte waren pausenlos im Einsatz« beziehungsweise »Von dem Täter fehlt bislang jede Spur« mußten glücklicherweise nicht zur Anwendung kommen. Der Täter war ich, und der alte Ford hatte einen Totalschaden. Der Blaumetallic-Golf meiner Mutter schließlich war vorne um gut einen Meter verkürzt. Als ich im Straßengraben saß, während mir der kalte Wind die Tränen auf den Backen gefrieren ließ, wußte ich noch nicht, daß man einmal meine ganze Generation nach diesem Fahrzeug benennen würde. Ich hätte auch nicht sagen können, warum. Franziska übrigens ließ sich von einem anderen Fahrzeug einpacken und zum Zug fahren, was ich ihr im Grunde doch sehr übelnahm, aber ich vermute, sie sah in dieser Flucht ihre letzte Chance, der herannahenden Schicksalsgemeinschaft der Generation Golf zu entkommen. Bei mir war es damit schon zu spät. Zumal ich, von allen guten Geistern verlassen, eine Woche später den

Golf-Leihwagen, den uns unser unfreundlicher VW-Händler während der Reparaturzeit zur Verfügung gestellt hatte, in einer unübersichtlichen Kurve gegen eine Mauer fuhr, weil ich in der Kurve versuchte, den Einkaufskorb festzuhalten, der auf der Rückbank umzukippen drohte. Eine prekäre Situation, auf die ich auch nicht durch das regelmäßige Anschauen der Volkshochschulsendung *Der siebte Sinn* vorbereitet war, die Sonntagabends immer sofortiger Grund war, den Fernseher auszuschalten.

Auch hatten wir solche Situationen weder mit dem Fiat Panda noch mit dem Fiat Uno geprobt. Leider bekamen wir dann nicht noch einen Golf-Leihwagen, so daß ich, kaum fahrberechtigt, wieder kaltgestellt war. Ich mußte leider auch feststellen, daß der Golf offenbar noch eine Nummer zu groß für mich war. Und so kaufte ich mir drei Monate später mit einem Knebelvertrag und 36 Monaten Laufzeit einen VW Polo in Dunkelblau bei unserem unfreundlichen VAG-Partner mit dem blauen Kittel. Wenn ich den Wagen heute auf der Straße sehe, verstehe ich meinen älteren Yamaha-Bruder, der damals den Neuwagenkauf mit dem leidenschaftslosen Kommentar versah, das »ist also das Auto, das dir gefällt«. Gottlob fuhr aber meine Mutter weiter den reparierten Golf, kaufte sich später sogar einen neuen, so daß ich nicht ganz aus der Übung kam.

Als ich Jahre später Caterina kennenlernte und mich auf der Stelle in sie verliebte, verabschiedeten wir uns auf der Straße, sie stieg in ihren Wagen und brauste davon. Sie winkte mir noch einmal kurz aus dem Auto zu, es war vor dem Bonner Hofgarten, der Mond schien, und ihr Auto war ein Golf. Ich war sehr glücklich und wußte mich am Ziel.

Im Jahre 1999 hatten nicht nur Playmobil und Ikea ihren 25. Geburtstag, sondern auch der Golf, das dritte Basisprodukt unserer Generation. Der Unterschied zwischen kindlichen und erwachsenen Gemütern läßt sich übrigens am besten anhand der Beta-System-Autoradios festmachen, die zur Standardausstattung eines jeden Golfs gehören. Als man jung war, fragte man sich und seine Eltern noch ständig, wofür die schwarzen, länglichen Knöpfe da waren, die man rein- und rausdrücken konnte, ohne daß sich am Klang irgend etwas änderte. Seit man erwachsen ist, weiß man, daß es Fragen gibt, die man nicht stellt, wenn man weiterhin unbeschwert durchs Leben gehen möchte.

Als der Golf 1974 erstmals vom Band lief, sollte er vor allem an die Erfolge des Käfers anknüpfen. Die Philosophie klang recht lapidar: Motor vorn, Klappe hinten, dazwischen fünf Sitzplätze. Das erste Modell hatte 50 PS und fuhr 140 Stundenkilometer Spitze. Zwei Jahre später gab es den Golf dann auch als GTI. Doch der GTI verhielt sich zum Golf wie die *Amica* zur *Brigitte*. Er war von Anfang an eher etwas für Aufschneider, die es mochten, wenn der Motor röhrte. Erst drei Jahre später wurde das erste Golfmodell zum Kultauto: und zwar in Form des Cabrios, das ab 1979 produziert wurde und offenbar, von einigen roten und weißen Ausrutschern abgesehen, ausschließlich in den Farben Dunkelblau und Schwarz. Der dunkelblaue Golf als Cabrio ist das Gründungsautomobil der Generation Golf. Mit dem Golf der zweiten Generation, der ab 1983 hergestellt wurde, fraß sich die Marke dann immer stärker in unser Bewußtsein ein. Dabei war es uns eigentlich egal, daß der Golf nun einen längeren Radstand hatte und eine breitere Motorenpalette. Als im Jahre 1991 plötzlich Samstag abends minutenlang darüber diskutiert wurde, ob die Ovalscheinwerfer des brandneuen, dritten Golfs schön oder grauenvoll seien, wurde uns langsam bewußt, daß wir uns für das Wohl und Werden dieses Automobils auf auffällige Weise interessierten. Am Ende entschieden alle, daß Ovalscheinwerfer okay sind. Und 1997, als der Golf IV vorgestellt wurde, wurde erst gar nicht mehr lange gefackelt. Die Generation Golf schloß ihn sofort ins Herz und machte ihn zum bestverkauften Wagen in der Altersklasse der 20- bis 30jährigen. Er war etwas voller in den Hüften geworden, hatte, ganz wie man wollte, einen Wohlstandsbauch oder wirkte schwanger, war auch in dieser Frage also ganz auf der Höhe der Zeit seiner Kunden. Vor allem jedoch konnte man mit dem Golf weiterhin Fahrfreude mit Sicherheit verbinden und moderne Ästhetik mit Traditionsbewußtsein. Wie sehr Volkswagen sich an den veränderten Familienverhältnissen seiner Zielgruppe orientiert, zeigte sich, als wenig später der Golf Variant auf den Markt kam: Er sieht aus wie der Golf und ist doch ein Kombi, in dem nun auch Platz ist für Kinder, Schlauchboot und Golden Retriever. 1999 dann kam es zur endgültigen Verschmelzung zwischen uns und der Produktpalette von Volkswagen: Zum 25. Geburtstag wurde das Sondermodell »Golf Generation« aufgelegt. Zur Ausstattung der in Technoblaumetallic lackierten Sonderausgabe gehören Sportsitze, 16-Zoll-Leichtmetallfelgen und eine Klimaanlage. Einer der ersten Fahrer dieses Sondermodells war übrigens Prinz William, der 1982 geborene Sohn von Lady Di. Und wie er da, mit heller Stoffhose, Rundkragenpulli und hellblauem Hemd drunter, aus dem Wagen stieg und in den Buckingham Palace ging, da wurde uns schlagartig deutlich, daß man die Generation Golf nicht nur auch als eine internationale Generation begreifen kann, sondern daß man die obere Altersgrenze in begründeten Ausnahmefällen auch bis 1982 upgraden darf. Denn niemand wird ernsthaft bezweifeln, daß Prinz William, Jahrgang 1982, und Oliver Bierhoff, Jahrgang 1965, mit seinem Leitspruch »Weil ich es mir wert bin«, derselben Generation angehören. Das als erste erkannt zu haben, ist der große Verdienst der Düsseldorfer Werbeagentur DDB, die Mitte der neunziger Jahre ihre Werbekampagne folgendermaßen auf den Punkt brachte: »Der Grundgedanke war, die Verwenderschaft des Golf als ›Generation Golf‹ zu codieren.« Der Golf also als kleinster gemeinsamer Nenner.

Es gibt eigentlich nur zwei Frauen, die das nicht begriffen haben. Lilly Wittgenstein, spätere Schaumburg-Lippe, und Gabriela Wischeropp. Lilly Wittgenstein schrieb, lange bevor sie durch die *Bunte* als Partynudel unserer Generation bekannt wurde, Unverständliches über Autos in der Abizeitung des Internats Wald.

Da die Zeitung jedoch *Abikalypse* hieß, ein Name, der in der nicht kurzen Liste alberner Abizeitungstitel für alle Zeiten einen der vordersten Plätze einnehmen wird, muß man ihr wahrscheinlich nachsehen, daß sie dort behauptete: »Der Citroën AX ist das Auto der neuen Generation.« Unbegreiflicher hingegen ist, daß eine Redakteurin der Zeitschrift *Psychologie heute* noch im Jahre 1999 behaupten konnte, daß die Fahrer von »Opel Astra, VW Golf und Ford Escort dem kleinbürgerlichen Milieu angehören«. Zwar konnte man von einer Zeitschrift, deren Leser höchstens verrostete Citroën AX oder hellblaue Volvos, noch besser aber Hollandrad fahren, ohnehin wenig automobile Sensibilität erwarten. Aber daß die Redaktion die Escort- und Astra-Spießer mit uns Golf-Modernisten in einen Topf wirft, zeigt, daß der Auflagenrückgang wegen fundamentaler Weltfremdheit gerechtfertigt ist. »Auto wie Fahrer gehören der Mittelklasse an«, so der Kommentar der Zeitschrift zum Golf, der demonstriert, daß Redakteurin wie Studie der analytischen und beobachterischen Unterklasse angehören. Aber *Psychologie heute* treibt es noch ärger: »Wer sich für einen VW Golf entscheidet, möchte sich nicht einordnen lassen, er möchte nicht über seine Automarke definierbar sein.« 6, setzen.

Die Dame, die dies schrieb, heißt Gabriela Wischeropp, und das sagt ja im Grunde schon alles. Sie ist höchstwahrscheinlich in dem Alter, wo man aufhört, danach zu fragen, also 48, fährt immer morgens mit dem Rad in die Redaktion, kauft vorher auf dem Wochenmarkt Cherry-Tomaten und liest abends Bücher über emotionale Intelligenz und die Mitgliederzeitschrift der Gewerkschaft Erziehung und Wissenschaft. Und weil sie es nicht kapiert, daß sowohl ihre Tochter einen Golf fährt als auch ihr gleichaltriger Cousin, faselt sie etwas davon, daß ein Golffahrer nicht über seine Automarke definierbar sein möchte. Das möchte er natürlich grundsätzlich sehr gerne, nur will er eben nicht von Gabriela Wischeropp definiert werden, der alten Hollandradfahrerin, die es noch nicht einmal hinbekommt, scharfe Trennlinien zwischen der Mentalität eines total indiskutablen Strickklobrillenvehikels wie dem Opel Astra und dem sylttauglichen und auch ansonsten total okayen Golf zu ziehen. Wahrscheinlich war Gabriela Wischeropp auch Mitinitiatorin des Autofastens, einer Aktion des Bistums Trier, mit der »eine aktuelle Form der persönlichen Gestaltung der Fastenzeit« angeregt werden sollte, aber zu der sich natürlich niemand anregen lassen wollte. Als Belohnung hätten Freifahrscheine des Öffentlichen Personennahverkehrs in Trier gewinkt. Uns winkt daraus jedoch vor allem das Wort »Öffentlicher Personennahverkehr« zu, das Mark Twain sicherlich in die Sammlung seiner deutschen Worte, deren Ende man mit dem Fernrohr suchen müsse, aufgenommen hätte und das in seiner Kurzform ÖPNV die achtziger Jahre abkürzungsmäßig ziemlich versaut hatte. Überall versuchten Politiker, die Menschen dazu zu erziehen, mit dem ÖPNV zu reisen. Wir aber fuhren höchstens mit Bus und Bahn, aber, siehe oben, doch lieber gleich mit dem Golf. Niemals, so dachte ich damals beim Betrachten des Schulbusfahrplanes, werde ich dieses Wort je gesprochen hören. Doch dann berichtete unsere Heimatzeitung von der nach Berlin umgezogenen heimischen SPD-Bundestagsabgeordneten, einer Altersgenossin von Gabriela Wischeropp, Heidemarie Wieczorek-Zeul, Ursula Engelen-Kefer, Paola Felix und wie unsere Angstgegnerinnen sonst noch heißen. Und diese Dame, die, obwohl sie aussieht wie ein Doppelname und auch so redet, bloß Barbara Imhof heißt, erklärte dem Blatt, wo sie in Berlin eine Wohnung gefunden hatte: »Ich wohne nur zwei ÖPNV-Stationen vom Reichstag entfernt.« Es ist spätestens nach diesem Zitat klar, daß mit dieser Generation kein befriedigender Start in die Berliner Republik gefunden werden konnte und es darum dringend an der Zeit ist, daß die Generation Golf die Macht ergreift, die ihr einst, in Kindertagen, von Herbert Grönemeyer ja auch mehr oder weniger versprochen wurde.

Und bei diesem Neuanfang hat die Generation Golf keine Probleme, auf die Ratschläge ihrer Eltern zu hören. In der Werbung für den neuen Golf sitzt ein gutaussehender Dreißigjähriger mit seinem fünfundsiebzigjährigen Vater am Lagerfeuer. Beide freuen sich marlborohaft des Lebens. Da sagt der Jüngere, oder er denkt es sich: »Ich wollte alles anders machen als mein alter Herr. Und nun fahren wir das gleiche Auto.« Ein Brückenschlag zwischen den Generationen, der die Zwischengeneration geflissentlich übersieht.

Wie harmonisch dieses Verhältnis ist, läßt sich in den täglichen Vorabendserien nachvollziehen. Zwischen

Eltern und Kindern herrscht hier irritierende Eintracht, am Frühstückstisch wird über die künftige Einnahme der Pille geredet und darüber, wohin Vater und Sohn am Wochenende mit den Motorrädern fahren. Nicht nur in den Daily Soaps sind alle Spuren elterlicher Übermutterung und Unterdrückung getilgt. In den Seifenopern hat Ödipus ausgedient. Man kann die Kindheit immer weiter verlängern, braucht keine kraftzehrende Pubertät mehr, und wenn man die S-Card gegen eine Eurocard eintauschen kann, ist man vom Kreissparkassen-Schalterbeamten zum Erwachsenen geschlagen worden. Ungefähr so läuft das. Inzwischen gibt es erste Psychologen, die im allgemeinen Verzicht unserer Generation auf den Ödipus-Konflikt eine gefährliche Entwicklung sehen, denn er sei zentral für die Strukturierung der Persönlichkeit und der Ausrichtung der Sexualität.

Vor ein paar Jahren erschien ein an und für sich kluges Buch, dessen Autoren nicht glauben wollten, daß wir alles machen werden wie unser alter Herr. Johannes Goebel und Christoph Clermont formulierten in ihrem Kompendium *Die Tugend der Orientierungslosigkeit* die These von unserer Generation der Lebensästheten, die ein ganzes Leben lang am Gesamtkunstwerk Ich bastele und sich statt mit Politik lieber mit der Frage beschäftigte: »Ist der grüne Badezimmerschrank ein adäquater Ausdruck meines Lebensgefühls oder nicht?« Das ist alles sehr richtig. Nicht so richtig ist es, der These von Douglas Coupland, dem Erfinder der Generation X, zu widersprechen, der behauptet hatte, die Abwendung von traditionellen Werten durch die

68er müsse bei uns wieder zu einer Rückbesinnung auf die vertrauten Lebensläufe unserer Eltern führen. Clermont und Goebel, beides Angehörige der Generation Golf, wenn auch nicht bekennende, glaubten hingegen, daß wir uns die Mühe machen würden, eine neue, eigene Sicht auf die Welt zu entwickeln, mit Ethik und mit Spaß. Ich bin mir da nicht so sicher. Man denke nur an den Zauberwürfel, der uns die Zeit in den großen Pausen vertrieb. Alles war schön bunt, aber wir wußten doch, daß es für jedes Klötzchen auch das richtige Plätzchen gab. Es braucht zwar seine Zeit, aber wenn man sich ordentlich bemüht, ist am Ende wieder alles so, wie es sich gehört: Blau bei Blau, Rot bei Rot, und die Welt ist wieder ein kleines Stück übersichtlicher geworden. Selbst wenn jemand diese Welt zerstörte, könnte man sie jederzeit durch bloßes Zurückdrehen wiederherstellen. So haben wir früh gelernt, daß es die Basis eines jeden Spiels ist, daß klar ist, was wohin gehört.

3. »Zwölf Jahre Garantie gegen Durchrostung? Hätte ich auch gerne«

Sport. Körperkult. Fit for fun.
Eitelkeit. Ichliebe.

Man kann nicht unbedingt sagen, daß sich schon in unserer Jugend abzeichnete, daß wir alle später einmal, als sich das Jahrhundert seinem Ende zuneigte, tagaus, tagein in Fitneßstudios rennen würden. Denn als wir klein waren, hatte Sport immer etwas mit einem Ball zu tun. Alles andere war Weiberkram.

Es gab tapfere Versuche, diesen Kanon der Leibesertüchtigung zu erweitern, doch sie wurden von Anfang an nur belächelt. Andreas etwa, der noch zu einem Zeitpunkt glaubte, im Brustschwimmen liege die Zukunft des Sports, als wir schon längst anfingen, uns aufgeregt in die Rippen zu stoßen, weil uns das Wort wunderbar anzüglich vorkam, fast so wie Meerbusen. Es wurde auch nie ganz klar, warum Andreas überhaupt schwamm, während alle anderen Fußball spielten oder zumindest Handball, denn seine Gesichtshaut litt sichtlich unter den täglichen Chlorbädern, und leider mußte er auch seine Haarmähne auf Wunsch des Trainers der Windschnittigkeit opfern: Mit ratzekurzen Haaren und leicht entzündeten Wangen hatte er gegen uns mit unseren Poppertollen, deren Länge jederzeit variiert werden konnte, im Grunde keine Chance. Wir dachten: ein Konkurrent weniger, und ließen ihn gerne jede zweite Woche zum Friseur rennen und dann alberne Bronzemedaillen bei den regionalen Schwimmeisterschaften erringen und für den sehr langen Michael Groß schwärmen. Aus heutiger Sicht läßt sich das so nicht mehr aufrechterhalten: Auch nach Beendigung seiner Schwimmkarriere behielt er die Haarlänge bei, was aber Sonja, die Schönste der Stadt, nicht davon abhielt, seine Frau zu werden. Na ja, damals jedenfalls hätten wir diese Wendung der Dinge für geradezu unmöglich gehalten, uns war klar, daß Sonja den erwählen würde, der die meisten Tore schoß und dessen Haare am coolsten von einem Stirnband zusammengehalten wurden. Seltsamerweise ließen wir uns im Glauben an die Richtigkeit unseres Koordinatensystems auch nicht dadurch erschüttern, daß Katja, die wohl Zweitschönste unseres Ortes, gar keine Ballsportart erlernen wollte, sondern mit drei Schwestern, von denen zumindest zwei ihr den Rang als Zweitschönster durchaus streitig machen konnten, im Nachbarort Curling spielte. Schon damals wußte keiner, was das war. Und bis heute ist es so, daß man es lieber nicht erklärt, denn bei diesem Sport ist es besser, ihm die Aura des Geheimnisvollen zu belassen. Die Enttäuschung ist sonst zu groß. Nur manchmal, wenn uns Katja und die Schwestern erzählten, sie seien deutscher Vizemeister geworden, konnten wir, die wir gerade mal wieder den Aufstieg in die Fußball-Bezirksliga verpaßt hatten, es nicht lassen, sie darauf hinzuweisen, daß ihr Sport daraus bestehe, mit einem Besen so hektisch auf dem Eis herumzuputzen, bis ein großer Puck einen anderen wegkickt. Wenn die Stimmung gereizt war, konnte man daran noch die Bemerkung anknüpfen, zumindest würden sie sich durch das fleißige Fegen bereits frühzeitig auf ihre spätere Rolle im Haushalt vorbereiten. Das half aber nicht unbedingt, denn die Lokalzeitung berichtete zwei Tage später vollmundig von der Vizemeisterschaft »unserer Mädchen« und daneben, ganz klein, daß die C-Jugend leider die Qualifikation zur Kreisliga vergeigt hatte, weil Torwart Illies »einen eigentlich harmlosen Distanzschuß durch die Arme gleiten ließ«. Damals schmerzte das sehr, heute aber muß es der Vollständigkeit halber dennoch gesagt werden: Daß Katja und die Schwestern Müller immer wieder deutscher Vizemeister wurden, lag allein daran, daß es zu jenem Zeitpunkt genau zwei Vereine in Deutschland gab, wo diese alberne Sportart überhaupt von Mädchen betrieben wurde. Sie waren also immer Vizemeister, und es gab auch keine Meisterschaft, sondern nur ein einziges Spiel, was sie regelmäßig verloren, weil sie eben doch nicht richtig putzen konnten, aber sie liefen dann immer mit stolzgeschwellter Brust herum und nannten sich Deutsche Vizemeister und uns Kreisligisten.

Joggen übrigens gab es damals überhaupt noch nicht. Das hieß Laufen und war allseits das Verhaßteste, was es gab. Allgemein und auch bei mir persönlich. Daß ich beim Fußball immer am liebsten Torwart war, mag eine Folge dieser Laufunwilligkeit gewesen sein. Beim Fußballtraining mußten trotzdem alle immer am Anfang laufen, dreimal um den Platz, bevor wir an den Ball durften, nach dem Motto: Erst die Arbeit, dann das Vergnügen. Ich versuchte, das immer dadurch zu verkürzen, daß mir just in diesem Moment angeblich ein Stollen im Fußballschuh fehlte, den ich dann so lange im Rasen suchte, bis das Laufen endlich vorbei war. Dann konnte ich ihn aus der Tasche holen und wieder draufschrauben. Gerade wegen dieser ausgeklügelten Laufvermeidungsstrategien war es für mich ein Zeichen von größter Freiheit und Selbstbestimmung, wenn wir nachmittags Fußball spielten, ohne vorher 2000 Meter laufen zu müssen. Das waren meine Woodstock-Erlebnisse. Ich war jeden Tag aufs neue glücklich darüber, aus diesem protestantischen Belohnungskreislauf ausbrechen zu können. Doch auch zu Hause wurde ich nach diesen protestantischen Erziehungsmustern erzogen. Von meiner jugendtherapeutisch versierten Patentante gemahnt, pries meine Mutter das dosierte Frustrationserlebnis und beklagte den allgemeinen Hang zur Sofortbefriedigung. Zugleich schimpfte sie auf die armen Kinder in meiner Klasse, die antiautoritär erzogen würden und deshalb alles tun dürften, was sie wollten. Allerdings war es wohl ein untrügliches Zeichen dafür, daß die Zeiten der antiautoritären Erziehung bereits fast vorbei waren, daß es bei uns bereits Witze darüber gab. Einer ging so, daß einer alles kurz und klein schlug und immer sagte, er sei antiautoritär erzogen worden. Der andere war kürzer und ging so: »Mutti, muß ich heute schon wieder machen, was ich will?« Solches also hörte ich, wenn ich mich zu Hause über die autoritäre Art des Deutschlehrers beschwerte und sagte, mir seien die Lehrer am liebsten, wo ich den Weg des geringsten Widerstands beschreiten könnte. Das glaubte meine Mutter nicht. Es sei vielmehr so, daß wir alle im Grunde froh seien, wenn wir einen Lehrer hätten, der uns richtig fordern würde. Das schien uns keineswegs so. Aber meine Mutter verstand nicht, daß sie einen aussichtslosen Kampf ausfocht gegen eines der Grundprinzipien der Generation Golf. So mußten wir zu Hause fünf Tage lang Marmelade essen, bevor wir am Samstagabend Nutella bekamen. Nach fünf Tagen Apfelsaft gab es samstags sogar ganz selten manchmal, aber nur heute einmal eine Ausnahme: Cola. Das Ergebnis ist, daß wir, kaum flügge geworden, unsere Studentenjahre mit Nutella als zentralem Brotaufstrich verlebten und mit Cola als Grundnahrungsmittel. Als wir klein waren hingegen mußten wir jedesmal, wenn wir eine Cola wollten, die Geschichte hören, daß ein Fleischstück, eine Nacht in Cola eingelegt, am nächsten Tag weggeätzt sei. Die zweite Horrorgeschichte ging so: In einer Flasche Cola sei soviel Zucker wie in 270 Zuckerstückchen. Deshalb dürfe man das nicht trinken. Zeitweilig wollten wir es auch gar nicht trinken, uns ging es mehr um die Knibbelbilder im Deckel. Die mußte man mühsam mit den Fingernägeln herausknubbeln, sie waren aus ganz dünnem, elastischem Gummi, und wenn man sie rausgeknibbelt hatte, konnte man irgend etwas mit ihnen machen, ich weiß leider nicht mehr was. Aber wie die Finger rochen, wenn man die Teile rausgeknibbelt hatte, das weiß ich noch. Einmal besuchten wir in den Sommerferien Tante Christa, und es war gerade die große Zeit der Knibbelbildchen. In einem unbemerkten Augenblick schlich ich in ihren Keller. Dort waren gerade vom Getränkemann sechs frische Kästen Cola angeliefert worden. Ich ging fortan Tag für Tag, wenn ich behauptete, aufs Klo zu müssen, in den Keller und knibbelte mir Bildchen für Bildchen heraus. Am Ende reiste ich mit 144 Gummibildchen nach Hause und war der Knibbelkönig. Leider hatte ich übersehen, daß durch das Rausholen des Knibbelteils aus allen Flaschen das Bizzel entwichen war. Deswegen wurde ich dann nicht noch einmal von Tante Christa eingeladen.

Im Sommer gab es übrigens immer noch eine Steigerungsform von Cola. Das war das Colaeis. Es war sehr billig, kostete nur dreißig Pfennig und steckte in einer kondomartigen Verpackung aus durchsichtigem Plastik, die man oben mit den Zähnen aufreißen mußte. Außen Toppits, innen Geschmack. Dann konnte man das Eis rausschieben, wie bei der edleren Variante, Ed von Schleck, deren rot-weiße Farbmischung aber leider immer ein wenig aussah wie Blendax Antibelag.

Die achtziger Jahre waren also die Jahre, als das Laufen noch so hieß wie all die tausend Jahre davor und sogar noch einst in Marathon, einfach: Laufen. Beziehungsweise, präziser: Dauerlauf. Es dauerte und war immer bloß ein Mittel zum Zweck. Um den Bus zu bekommen, der fast schon weg war. Um wegzulaufen, weil die andere Bande hinter einem her war. Oder, von mir aus auch das, um über die Ziellinie beim Sport zu laufen. Aber daß das Laufen vom Breitensport (was immer das genau war) zum Selbstzweck werden könnte, zu etwas, daß man morgens seiner Freundin beim Aufstehen sagen kann: »Du, ich geh' jetzt schnell zwanzig Minuten laufen«, ohne des fortschreitenden Wahnsinns bezichtigt zu werden, das ist noch immer eines der größten Phänomene der Jetztzeit. Denn man darf nie vergessen, daß ebenjene Generation, die jetzt so fröhlich an der Alster entlangjoggt, durch den Stadtwald in Köln, den Englischen Garten oder den Tiergarten, kaum zehn Jahre zuvor noch kollektiv aufheulte, wenn man beim Sonntagnachmittagsspaziergang an einem Trimm-dich-Pfad vorbeikam oder wenn der griesgrämige Sportlehrer dreimal pfiff und man sodann eine Viertelstunde lang im Kreis dauerlief, bis das Seitenstechen unerträglich wurde. Manchmal fragt man sich, ob das Seitenstechen auch als Empfindung allein in die Zeit der Pubertät gehört, denn nie sah man einen gestreßten Jungmanager vom Laufband im Fitneßstudio steigen, nie eine Grafikerin das Joggen im Park abbrechen, weil sie Seitenstechen hat, schon komisch.

Wahrscheinlich läßt sich die Verwandlung des Wortes Dauerlaufen in Joggen und der damit zusammenhängende Paradigmenwechsel präzise festmachen. Bis Mitte der achtziger Jahre hatte Laufen etwas unangenehm Körperliches. Man wußte es von sich selbst, man sah es bei den Olympischen Spielen. Doch dann lief, nein joggte plötzlich eine junge blonde Frau durchs deutsche Fernsehen, ihr Hemdchen war hellblau, ihre Hose weiß, ihre Laune gut, die Sonne schien, und sie trabte über einen weißen Bootssteg, dahinter schaukelten die Jachten sanft im Wind. In diesem Moment ahnten wir: Wenn diese Frau, obwohl sie sogar eine riesige weiße Wrigley's-Spearmint-Gum-Packung mit sich herumschleppt, so fröhlich durchs Leben rennt, dann kann das alles so schlimm nicht sein. Mrs. Kaugummi veränderte meine Einstellung zur rennenden Fortbewegung sofort. Hatte ich in den Jahren zuvor immer gelitten, weil ich wegen meiner geringen Laufgeschwindigkeit bei den Mädchen mitmachen mußte, so änderte sich diese Haltung nun radikal. Meine ältere Schwester las ein Buch, das *Schicksal als Chance* hieß, und so ungefähr machte ich es, ohne das Buch lesen zu müssen, auch. Denn der Werbespot, der jeden Samstag vor der Sportschau lief, zeigte ja, daß die Joggerin kaum zwanzig Meter zu joggen brauchte, und schon konnte sie zu flirten beginnen. Fast gewann ich durch diese Werbung den Eindruck, als sei das Joggen zukünftig fast eine Voraussetzung, um überhaupt flirten zu können. Auch der Trainer der Leichathletikabteilung unseres Vereins versuchte, den Geist des Werbespots sofort umzusetzen, und organisierte mit dynamischen *Sport ist im Verein am schönsten*-Plakaten einen sogenannten Lauftreff im Schloßpark, zu dem neben Susanne, der Weitspringerin mit dem wunderschönen Körper, jeden Dienstag tatsächlich auch Sonja antrabte. Die langsame Erotisierung des Dauerlaufs durch Frau Wrigley's Spearmint Gum hatte bald sogar Auswirkungen auf den Schulsport. Jahrelang war ich von den Jungs und meinem älteren Bruder gehänselt worden, weil ich fast zwanzig Sekunden für hundert Meter brauchte und rund drei Stunden für 3000 Meter. Doch der Schein bestimmt das Bewußtsein: Schnell merkten Arne und Mirko und die anderen Halbstarken, daß ich es keinesfalls länger als Degradierung empfand, wenn mir Herr Hühn am Tag der Bundesjugendspiele sagte, ich sollte heute wieder mit den Mädchen laufen. Und wenn ich dann, zwar nur mit einer Siegerurkunde, dafür aber einer Verabredung fürs Freibad ausgezeichnet, wieder zu den anderen zurückkehrte, konnten sie nicht allzuviel lästern. Denn alle interessierten sich für Katja, und wer es schaffte, im Freibad von ihr den Rücken mit Piz Buin eingecremt zu bekommen, war ein Tag lang der König, Ehrenurkunden hin oder her. Einmal wußte ich, daß ich sie heute soweit hatte, daß sie mir heute den Rücken eincremen würde, so viele Zettelchen hatte ich ihr in Erde und Mathe geschickt, und sie hatte auch immer gleich geantwortet, und nach dem Laufen saßen wir zusammen im Gras und versuchten zu flirten. Aber dann regnete es nach dem Mittagessen, und es war nichts mit Eincremen. Ich dachte, vielleicht kommt sie doch, aber nichts da, ich war fast allein im riesigen Freibad, nur der Bademeister war da und die Buchhändlerin. Es fieselte, und mir ging es gar nicht gut, auf dem Heimweg, als ich mißmutig durch die Pfützen in der Birkenallee patschte, wurde ich wahrscheinlich mit versteckter Kamera gefilmt, das Ganze lief dann jahrelang in der Werbung für Saanostooool.

Sport hatte zumindest zu Schulzeiten immer viel mit den Frauen zu tun. Aber irgendwie haben das die Frauen nie mitbekommen. Ich hoffte immer, daß es auch im wirklichen Leben mal so wäre wie im Schulsport, wo man sich immer so wahnsinnig ins Zeug legen konnte, weil man wußte, daß Katja und Sonja am Spielfeldrand auf blauen Matten saßen und sahen, wie wir spielten. Katja und Sonja am Spielfeldrand – das war unsere Kraft der zwei Herzen. Was wäre alles aus unserer C-Jugend geworden, wenn Katja und

Sonja sich am Samstagnachmittag mal Zeit genommen hätten, um unsere Spiele zu bejubeln. Ich weiß nicht genau, was sie statt dessen machten, schließlich gab es damals noch nicht den RTL-Samstagnachmittag mit *Beverly Hills* und *Melrose Place*. Sie kamen jedenfalls nie, am Spielfeldrand standen immer nur unser Trainer und sein dämlicher Dackel. Wehmütig dachte man an den Schulsport. Zwar gab es hier wie dort mit Marco und – vor allem – Jens zwei, die viel besser Fußball spielten als ich, aber im Sport konnte ich, wegen des interessanteren Publikums, immer auch auf die Variante des gescheiterten Helden zurückgreifen. Wenn ich also sah, daß ich keinen Stich bekam, rackerte ich mich zwei Minuten wie ein Blöder ab, um dann plötzlich schmerzverzerrt liegenzubleiben und humpelnd zur Bank zu laufen. Ich habe nie klären können, ob das tatsächlich auf sechzehnjährige Mädchen imponierend wirkte, glaubte damals aber fest daran und murmelte etwas von Muskelzerrung.

Es gab später in der Serie *Verbotene Liebe* einmal einen Fußballstar mit Namen Nick, der dafür nicht nur von seiner Freundin, sondern von allen gutaussehenden Frauen der Serie geliebt wird. So sah es zumindest das Drehbuch. Doch das mußte bald geändert werden, weil das eine typische Drehbuchschreiberidee war, die nichts mit der Wirklichkeit zu tun hatte, dafür aber sehr viel mit der *Was wollt ihr dann?*-Werbung für Maoam. Männliche wie weibliche Zuschauer wußten nur zu gut, daß es das nicht gab: schöne, braunlockige Männer, die bei Regen ständig Tore schießen und deren Freundin derweil wie Babs Becker auf der Tribüne sitzt und aufgeregt bibbernd Daumen hält. Daß inzwischen diese Fußballepisode komplett aus der Geschichte verschwunden ist, der Fußballer statt dessen einen Kleiderladen betreibt, zeigt, daß der Mannschaftssport, ja der Ballsport insgesamt bei unserer Generation als Leitmedium ausgedient hat, weil es die Frauen inzwischen ungefähr so stark interessiert wie uns vor fünfzehn Jahren ihr Curling.

Bis die Generation von Fußballspielern und Weitspringerinnen tatsächlich zu einer Generation von Fitneßstudiobesuchern wurde, waren ein paar Anläufe nötig. Der erste wurde angeführt von den Zehnkämpfern um Jürgen Hingsen. Eine zweite Emanzipationsbewegung war Tennis, wobei man da von Anfang an bedenken muß, daß es mehr eine *Bravo*-Starschnittbegeisterung war, als plötzlich Boris Becker und Steffi Graf in Wimbledon siegten. Ich versuchte sofort überzuwechseln und begann mit Tennistraining, doch Unglaubliches geschah: Neben dem Tennisplatz wohnte ein Mann, der dem Beruf des Stadtökologen nachging, einer auch damals etwas ungewöhnlichen Form, den städtischen Haushalt einer 5000-Seelen-Gemeinde zu belasten, und der damals versuchte, den Thierse-Bart im oberhessischen Bergland heimisch werden zu lassen. Herr Dr. Jörg nun mochte das Plocken der Tennisbälle nicht und ging deshalb vor Gericht. Das war zu einer Zeit, als noch nicht jeder wußte, daß Advocard Anwalts Liebling ist und auch Normalsterbliche McDonalds verklagen können, bereits an sich ein heroischer Akt. Da Herr Dr. Jörg aber dann sogar recht bekam und um des Seelenheiles seiner Kinder willen der wunderbare Tennisplatz geschlossen wurde und man nur noch durch den Zaun zusehen konnte, wie sich der Löwenzahn langsam in dem roten Sand breitmachte, wurde unser Ort auf lange Jahre zur Tennispassivität verdammt. Es waren harte Jahre, vor allem auch für die Arztgattinnen, denn erst fünf Jahre später eröffnete eine halbe Stunde entfernt ein Golfplatz, und sie hatten endlich wieder einen halbwegs sportlichen Anlaß, ihre weißen Musterhäuser zu verlassen. Die Zeit dazwischen war dann demzufolge jene Phase, in der auch unser Ort von einer Seitensprungfrequenz in der Honoratiorenebene heimgesucht wurde, die wir bislang nur aus Denver kannten. Und das alles wegen Herrn Dr. Jörg.

Für mich waren die drei Monate Tennistraining dennoch keine verlorene Zeit, denn nun konnte ich meinen Eltern klarmachen, daß Schweißbänder und Stirnbänder eine existentielle Voraussetzung sind, um überhaupt Tennis spielen zu können. Ja, ohne ein Stirnband, so sagte ich ihnen, geht Ivan Lendl erst gar nicht auf den Platz. Ich brauchte das Stirnband aber bald für ganz andere Sachen. Nachdem Katja, trotz ihrer hellblauen Tapete mit weißen Möwen, in ihrer Liebe zum eigenen Körper doch eine wahre Angehörige der Generation Golf, sich in den Sommerferien in der Plastischen Chirurgie unseres kleinen Krankenhauses das rechte Ohr hatte anlegen lassen, beschloß auch ich, meinen Makeln zu Leibe zu rücken. Meine Ohren standen nicht richtig ab wie etwa das eine von Katja oder die beiden von Steffen, die wenig später auch operiert wurden. Aber im oberen Bereich waren sie leicht ausgewellt. Was heißt waren: Als ich Jahre später, von Verzweiflung getrieben, einen Arzt aufsuchte, um nach Krankheiten für meine bevorstehende Musterung Ausschau zu halten, begann er die Anamnese mit der Feststellung, ich hätte unglaublich abstehende Ohren. Damals jedenfalls glaubte ich noch, dagegen angehen zu können. Und zwar indem ich nachts immer das Stirnband so tief in die Stirn zog, daß es die Ohren flach wie Flundern an den Kopf preßte. Die taten dann zwar morgens höllisch weh, aber ich dachte, es ist einen Versuch wert. Nachdem ich mich solchermaßen lange gequält hatte, mußte ich eines Tages zum Friseur. Und dieser dahergelaufene Kerl hatte tatsächlich nichts Besseres zu tun, als mir sofort das Ohr nach vorne zu biegen, um die Haarspitzen dahinter besser schneiden zu können. Die Arbeit von Wochen, zerstört in Sekunden.

Zwei andere Marotten zeigen, wie weit unser Schönheitswahn schon damals ging. In unserem Biologiebuch gab es Fotos von Menschen und Tieren, und da wurde gezeigt, daß der Kopf bei einem normalen Menschen ein Achtel der Körperlänge ausmache. Vor dem Spiegel erschien es mir aber eher so, als mache er ausgerechnet bei mir nur ein Neuntel oder ein Zehntel aus. In dem Biologiebuch stand, daß wir unterbewußt Menschen mit Köpfen, die kleiner als ein Achtel sind, nicht so toll finden. Zeitweilig führte ich mir die Tatsache, daß Sonja mein Liebeswerben verschmähte, eindeutig auf die Tatsache zurück, daß mein Kopf nur ein Zehntel meiner Körperlänge hatte. Leider wurde das auch nie vom Schularzt widerlegt. Der Schularzt, der bei uns eine Ärztin war, die aussah wie Beate Uhse, von der ich damals freilich noch nicht wußte, daß es sie gab, kam jedes halbe Jahr und machte seine Untersuchungen in unserem SV-Raum. SV stand für Schülervertretung, hatte aber nie etwas mit schülerbezogener Eigenverantwortung zu tun und war vielmehr der Raum, wo die Vorräte der Vanillemilchpackungen standen und wir die Redaktionssitzungen unserer Schülerzeitung hatten. Eigentlich war es auch der Raum für die SV, aber die SV als solche war eine alberne Einrichtung der siebziger Jahre, wir sahen eigentlich keinen rechten Sinn mehr darin. Es gab in jeder Schule zwei Dinge, die viel Aufwand erforderten und die nie genutzt wurden: Das eine waren SV-Stunden, das andere war das Sprachlabor. Im Sprachlabor sollte man sich in Kabäuschen setzen und Sprüche nachsagen, um an der Artikulation zu arbeiten, aber es dauerte so lange von unserem Klassenzimmer bis zum Sprachlabor, daß die Zeit nie reichte, um eine ganze Lektion durchzumachen, und deshalb war ich, glaube ich, nur zweimal überhaupt in diesem Raum, der so schlecht besucht war, daß noch nicht einmal die Tische bekritzelt waren. Mindestens so sinnlos waren die SV-Wahlen zum Schulsprecher. Einmal im Jahr zogen die Kandidaten für die Schulsprecherwahl durch die Klassenzimmer, um sich vorzustellen. Man erkannte sie schon beim Eintreten an den Greenpeace-Stickern und hennarotgefärbtem Haar. Schon damals waren merkwürdigerweise die Linken die einzigen, die überhaupt noch Lust hatten, sich für so etwas zu engagieren. Meist antiautoritär erzogen, hielten es diese Freigeister für angebracht, zunächst einmal darüber abzustimmen, ob wir überhaupt abstimmen wollen, was dann irgendwann dazu führte, daß die autoritätsabhängige Mehrheit das alles nicht mehr ernst nahm. Gewählt wurde folglich das SV-Team, das die besten Schulpartys in Aussicht stellte. An unserer Gesamtschule gab es sogar jede Woche eine SV-Stunde, bei der über SV-Dinge geredet werden sollte, die anlagen, aber natürlich lag nie etwas an. So wurden wir alle langsam, aber sicher konservativ und beschlossen, unsere Kinder später auf katholische Mädchen- und Jungenschulen zu schicken, wo es solche Albernheiten nicht gab.

Aber alle SV-Stunden der Welt verhinderten doch nicht die alljährliche Leibesvisitation durch die Schulärztin. Dabei ging es uns Jungen noch gut, weil wir nicht wie die Mädchen ständig gegen irgendwelche Röteln geimpft wurden, die ihnen, wie es hieß, die Schwangerschaft vermiesen konnten und kleine keksartige Abdrücke auf dem Oberarm hinterließen. Auch das alles fand in unserem winzigen SV-Zimmer statt. Ich fand es immer absurd und der ärztlichen Autorität hohnsprechend, daß ich nur mit einem Höschen bekleidet vor Frau Dr. Lorenz stand und sie wieder einmal neue Goldplomben in meinem Mund zählte, während über ihrem Kopf unser Themenposter hing, wo Sachen draufstanden wie »Wer kümmert sich um den Druck?« oder »Mit Herrn Grenz reden«. Ihr Arztkoffer lag immer auf den mit Plastikfolie eingeschweißten Vanillemilchpackungen. Sie brachte auch immer eine dieser Waagen mit Längenmessungsstange mit, die man heute eigentlich nur noch im

Dresdner Hygienemuseum vermuten würde: Von oben wurde ein Riegel gegen den Schädel geschoben, damit Beate Uhse wußte, wie groß wir sind, aber sie drückte immer so fest drauf, daß ich regelmäßig drei Zentimeter kleiner wurde. Gleichzeitig standen wir auf einer Waage, bei der sie immer an einer Stelle ein Gewicht verstellen mußte, während bei uns schon seit Jahren die Digitaluhren piepsten. Einmal jedoch machte Frau Dr. Lorenz mit mir einen Sehtest, es war in der neunten Klasse, und der Tag hatte ganz normal begonnen. Ich weiß nicht, warum ich mich nie vorher gefragt hatte, wie eigentlich die Nachbarn in der letzten Reihe lesen konnten, was auf der Tafel stand. Ich schrieb es jedenfalls immer aus ihrem Heft ab oder setzte mich gleich in die erste Reihe, um es auch lesen zu können. An diesem Tag jedenfalls erfuhr ich von Frau Dr. Lorenz, daß der Grund für mein abweichendes Verhalten darin bestand, daß ich auf dem linken Auge 2,3 Dioptrien hatte. Mir war nicht sofort klar, was das bedeutete, und ich fragte, ob das schlimm sei. Da sprach sie: sehr schlimm und ich müßte ab sofort und mein ganzes Leben lang eine Brille tragen. Ich habe dann wie in Trance meine Sachen angezogen, bin rausgegangen, habe sogar fast geweint und habe dann der Lehrerin, Frau Speyer, bei der wir Musik hatten, gesagt, ich sei unglaublich unglücklich, denn ich müsse ab sofort eine Brille tragen, und folglich bekäme ich nie eine Frau. Denn der Kopf zu klein und die Brille zu dick – das erschien mir dann doch zuviel. Damals war das Urteil »Brillenträger« noch viel härter als heute. Es gab noch keine Kontaktlinsen, geschweige denn solche, mit denen man die Farbe seiner Iris verändern konnte. Erst als wir Studenten wurden, begann die Zeit, in der an jedem Frauenwaschbecken ein winziges weißes Döschen stand. Damals hatten die Mädchen noch alle Brillen, die sie aber immer nur dann aufsetzten, wenn alle an die Tafel blickten, und die sie am Ende der Stunde auch wieder ganz rasch absetzten, damit sie niemand richtig mit Brille sehen konnte. Die meisten jedoch nahmen sie erst gar nicht mit in die Schule, sondern deponierten sie in der obersten Schublade ihres Schreibtischs. Dieses eher zurückhaltende Verhalten war allerdings mehr als gerechtfertigt, wenn man bedenkt, was die Optiker im Angebot hatten. Damals hatten weder Calvin Klein noch Armani die Brillengestaltung für sich entdeckt. Ja, die Brille war damals leider fast der einzige Bereich, wo es noch nicht möglich war, etwas mit Namenszug zu kaufen. Statt dessen gab es Goldrandbrillen, die immerhin erträglich waren, aber vor allem rote und blaue und hellgelbe Plastikbrillen, die betont locker sein wollten, im Grunde aber grauenhaft waren. Die Farbpalette war auch hier inspiriert vom Zauberwürfel, und wer in den achtziger Jahren eine Brille tragen mußte, war für die Lebenspartnerwahl tatsächlich erst einmal um Jahre zurückgeworfen. Ich nahm dennoch meinen ganzen Mut zusammen und kaufte die erste Brille meines Lebens. Sie war bläßlich gelb und recht groß. Ich testete das Aussehen sofort zu Hause vor dem Spiegel, mußte aber feststellen, daß sowohl das Luftgitarrenspiel zu *Money for nothing* von den Dire Straits als auch das Tragen von Brille zum Stirnband, bei Lichte besehen, bescheuert aussah. Und entsprechend verschwand sie in der Schublade.

Die Zweckentfremdung des Stirnbandes zum Ohrenanlegeband deutete bereits an, daß Tennis schon sehr früh als Form der sportlichen Betätigung ausgespielt hatte. Tennis wurde zum bloßen Fernseherlebnis. Und zwar zu einem, das Ende der achtziger Jahre fast die Stellung einnahm, die mit Einführung des Privatfernsehens die Daily Soaps übernahmen. Man kann wirklich sagen, daß zwischen 1985 und 1989 der Jahresablauf der munter pubertierenden Generation Golf im wesentlichen durch die vier Grand-Slam-Turniere sowie die Daviscup-Runden bestimmt war. Die schwedische Mannschaft um Mats Wilander war zeitweilig sogar in der Lage, in der *Bravo*-Beliebtheitsskala den skandinavischen Musikerkollegen von Aha den Rang abzulaufen. Auch ansonsten wurde Tennis zum Leitmedium. Die Tschechoslowakei stellten wir uns wie eine Mischung aus Martina Navratilova und Ivan Lendl vor, Amerika war die Quersumme aus Jimmy Connors und John McEnroe, Hamburg war wie Michael Stich, und wer je Aranxa Sanchez-Vicario gesehen hatte, wurde zu einem energischen Freund der Achselrasur bei Schwarzhaarigen. Gabriela Sabatini schließlich begann, uns behutsam auf den Umstand hinzuweisen, daß auch Sportlerinnen schön sein können, doch als das sehr eklig süß riechende Parfüm auf den Markt kam, das ihren Namen trug, war sie schon so breit in der Hüfte wie Hans-Peter Briegel. Wir bekamen auch erste Lektionen in Lebenskunde. Love, so lernten wir staunend, kann auch Null bedeuten. Und Pullunder sind schön, wenn sie Boris Becker für Fila designt hat und sie rot und blau sind. Peter Graf hatte eine Affäre mit Nicole Meißner, die angeblich Fotomodell war, aber bei der selbst ich schon dunkel ahnte, um was für Fotos es sich da handelte, eher so die Sektion Brustschwimmen. Zudem war Nicole Meißner irgendwie liiert mit Ebby Thust, und Ebby Thust nun lehrte uns, daß schmierige Promoter von Boxkämpfen ziemlich genau so aussehen, wie wir uns schmierige Promoter von Boxkämpfen immer vorgestellt hatten. Michael Chang schließlich übernahm die religiöse Grunderziehung unserer Generation, die später von Xavier Naidoo weitergeführt wurde, der der *Bravo* erzählte, er lese manchmal eine Woche lang ununterbrochen in der Bibel. Bei Michael Chang ging das noch nicht wegen der englischen Wochen, da er aufpassen mußte, zwischen Paris und New York auch noch in Kitzbühel und Halle/Westfalen ausreichend Länderpunkte zu sammeln. Aber nach jedem Sieg dankte er dem lieben Gott, was auf uns durchaus Eindruck machte, zumal es einfach glaubwürdiger klang, dem lieben Gott zu danken, als Peter Graf, wie es Steffi immer tat, wenn sie nicht gerade aus einem Opel Corsa steigen mußte, der bis oben so mit Tennisbällen vollgestopft war wie ein Ikea-Kinderparadies. Zudem zeigte uns Michael Chang, um ganz trotzig beim Thema zu bleiben, daß wir nicht länger darauf hoffen konnten, bei unseren eigenen sportlichen Betätigungen weiterhin auf den Beistand junger, bildhübscher Frauen zu hoffen. Die einzige, die immer zu ihm hielt, auch bei jenem unglaublichen Spiel gegen Ivan Lendl in Paris, als er die Bälle immer zwanzig Meter hoch in die Luft spielte, war seine Mutter Betty. Wer Ballsport treibt, bleibt Mamasöhnchen, diese Lektion war hart. Aber irgendwann sagten wir dann mit dem frühen Opel Astra und dem späten Gerhard Schröder: Wir haben verstanden.

Tennis also führte in eine Sackgasse, war bloß eine kurze Kraftaufwallung wie die Becker-Faust. Es waren zwei andere Sportarten, die die Transformation der Generation Golf zu *Fit for fun*-Jüngern viel entscheidender vorbereiteten. Es waren beides Sportarten, die nur mit dem nötigen Kleingeld zu bestreiten waren: Skifahren und Surfen. Zwei Sportarten übrigens, die den Vorteil hatten, daß sich die Sporttreibenden auf deutschen Autobahnen immer gleich an den Dachgepäckträgern erkannten.

Leider ging mein Vater mit uns immer nur rodeln, obwohl meine Mutter, alljährlich, wenn der erste Schnee fällt, uns daran erinnert, wie sie einst auf ihren Holzskiern wie der Blitz die Schweizer Berge hinuntergerauscht sei. Da dann auch irgendwann der Schnee weniger wurde (so geht eine der ersten Kollektivmythen unserer Generation) und man ohnehin nur noch an zehn Tagen im Jahr rodeln konnte, unser Ort zudem kleinbürgerlich war und darum eher rodelorientiert, sind Ski und Après-Ski für mich bis heute fremdes, geheimnisvolles Land geblieben. Nach meinen recht unglücklichen Versuchen Schlittschuh zu laufen, vermutete ich von Anfang an, daß ich nicht zum Alberto Tomba geboren war. Andererseits umgab alle

Skifahrer eine gewisse snobistische Ausstrahlung, nach der ich sehr trachtete, wenn ich mal wieder bei einem Jugendseminar oder im Zug einem fremden Mädchen auf die Frage, ob ich in Skiurlaub fahre, ausweichend antworten mußte. Skifahren war fast so gut wie Ibiza, hatte etwas von Dolce vita und nichts von deutscher Nordsee. Zudem erschien es mir, da wir in unserem Ort schon auffielen, weil wir zu Ostern und im Sommer Urlaub machten, wunderbar dekadent, auch noch im Winter wegzufahren. Auch das, was in den Skihütten geschah, erschien mir nach den Erzählungen und dem, was die *Bravo*-Foto-Lovestorys vermuten ließen, sehr interessant. Was tagsüber auf den Hängen geschah, interessierte mich wenig, aber auch die Skifahrer selbst redeten darüber nie, es schien nicht gar so wichtig. Auffällig und für einen Bewohner des oberhessischen Berglandes zunächst nicht durchschaubar war für mich die Tatsache, daß die Arztkinder aus dem großen Nachbarort tatsächlich gut gebräunt aus dem einwöchigen Winterurlaub zurückkehrten. Mit einer Bräune, für die ich selbst bei schönstem Sommerwetter ungefähr drei Wochen Freibad und eine Flasche Tiroler Nußöl brauchte. Und so blonde Strähnen bekam ich noch nicht einmal, wenn ich mir dreimal am Tag Zitronensaft zum Bleichen ins Haar rieb. Damals ahnte ich nicht, daß ich damit dem Geheimnis auf der Spur war. Denn das Skifahren verbindet mit dem Surfen weniger die Tatsache, daß man sich auf Brettern über Wasser in verschiedenen Aggregatzuständen bewegt, als vielmehr der Umstand, daß es ein zentraler Bestandteil dieser Sportarten ist, dabei braun zu sein oder es zu werden. Seltsamerweise gibt es bis heute keine einzige Fernsehserie, die in einem Wintersportort spielt, mit supercoolen Skilehrern und flotten Skihäschen. Und dabei wirkte schon Tom Tykwers *Winterschläfer*-Film wie eine sehr schöne Parodie auf dieses Genre. Dumm nur für zum Beispiel den Kuschelsender SAT 1, dem dadurch viele Werbemillionen entgangen sind, daß es dieses Genre noch gar nicht gibt. Aber wahrscheinlich existiert, wegen Schneemangels, keine kalifornische Serie, die man kopieren könnte, und deutschen Fernsehmachern ist es zu riskant, selber was zu entwickeln. Aber so gab es dann zum Glück Mitte der neunziger Jahre mit *Gegen den Wind* eine deutsche Form von David Hasselhoff und *Baywatch*. Ganz ideal war es nicht, die supercoole Surf-Serie nach St. Peter-Ording zu verlegen, was ungefähr so aufregend klingt wie Bad Lippspringe, aber in Timmendorfer Strand oder Warnemünde gibt es halt nicht so schöne Wellen. Aber das war dann auch egal, weil es Ralf Bauer gab, und der war durchtrainiert und braungebrannt und hatte langes Haar, ein echter Generation-Golf-Wonneproppen. Marc Keller als Animateur in *Sterne des Südens* schaffte es nicht ganz so weit, was daran lag, daß es in dieser Serie viel zuwenig um Fitneß ging und viel zuviel sinnlos in griechischen Buchten relaxt wurde. Aber braun waren die Hauptdarsteller auch hier. Ohnehin war das Verächten des Braunseins nie so auf den Hund gekommen wie bei uns. Die Anzahl der Artikel über die Vorzüge der vornehmen Blässe sank von 1980 bis 1999 ungefähr, so schätze ich mal, um 400 pro Bikinisaison. Weil sich einfach kein Surfer oder Skifahrer mehr von bleichgesichtigen, fettleibigen

Redakteuren in verrauchten Redaktionsstuben sagen lassen wollte, daß das, was objektiv gut aussieht, zugleich objektiv schädlich ist oder gar unaristokratisch. Und weil alle eingesehen hatten, daß die Grufties mit ihren weißgeschminkten Gesichtern aussahen wie der Tod auf Latschen. Auch die Warnungen vor Hautkrebs schlugen wir gerne mit dem Hinweis in den Wind, daß unsereins, ganz im Gegenteil, eher den Eindruck hatte, daß man so richtig alt nur werden könne, wenn man seine Nase möglichst oft in die Sonne gehalten hat. Die Gesichter von Luis Trenker, Dieter Kürten, Mutter Teresa, Gräfin Dönhoff, Gunter Sachs, Leni Riefenstahl, Beate Uhse und Peter Hahne waren ein tägliches, stilles Plädoyer gegen Sonnenmilch mit Lichtschutzfaktor 24. Und irgendwie auch eine Mahnung, mehr zu surfen.

Mit Surfen und Skifahren gerieten die Hierarchien im Sport in unserer Jugend natürlich nachhaltig durcheinander und boten keine Orientierung mehr wie in den Jahrhunderten zuvor bei Fritz Walter und Wolfgang Dremmler. Aber was kann man von einer Generation erwarten, die jährlich bei den Bundesjugendspielen erfährt, daß eine Siegerurkunde eine Verliererurkunde ist, da es kaum möglich ist, so wenig Punkte zu bekommen, daß man an der Mindestanzahl vorbeischrammt. Wahrscheinlich eine schöne Idee sozialdemokratischer Schulpolitik, um frühzeitig der kapitalistischen Ellbogengesellschaft entgegenzuwirken.

Wie alle schönen Ideen der sozialdemokratischen Schulpolitik, die wir an uns ausprobieren lassen mußten, bestand sie nicht den Wirklichkeitstest. Nachdem ich nach der zehnten Klasse von der Gesamtschule aufs Gymnasium wechselte und im Biologieunterricht ungefähr auf dem Stand der fünften, im Lateinunterricht auf dem der sechsten Klasse war, begann der Haß auf die Gesamtschulpädagogik, die wohl anders als jedes neue Spüli nie den Pepsitest gemacht hat, sondern gleich in die nordrhein-westfälischen und hessischen Lehrpläne einging. Besonders legendär war an unserer hessischen Gesamtschule das Fach Polytechnik, bei dem wir im zweiten Halbjahr der zehnten Klasse zwei Stunden pro Woche das Thema Küche durchnahmen. Wir lernten dabei, wie man Hot dogs macht und wie man den Tisch deckt. Im zweiten Halbjahr dann hatten wir Tanzen, was aber, weil die Lehrerin eine klassische 68erin war, leider nicht zur Auffrischung unserer Walzer-Technik genutzt wurde, was uns wirklich interessiert hätte, sondern zum Üben des albernen Sirtaki aus der *Lindenstraße*.

Immerhin bleibt als Erinnerung an fünf Jahre Gesamtschule eine Sammlung von fünf Siegerurkunden. Und der Neid auf die aufklappbare Ehrenurkunde mit Bundesadler im Prägedruck, die Katja jedes Jahr bekam. Er war unermeßlich, denn statt Richard von Weizsäcker hatte auf unseren Urkunden nur der Schulleiter, Herr Grenz, unterzeichnet und zwar ziemlich lustlos. Daß es Ende 1999 zu einem kleinen Skandal kam, weil in einem Münchner Gymnasium noch immer Ehrenurkunden mit der Unterschrift von Richard von Weizsäcker verteilt worden waren, ist völlig unverständlich. Die Schulleiterin entschuldigte sich damit, daß sie zunächst einmal die alten Urkunden aufbrauchen wolle. In Wirklichkeit jedoch wußte sie, daß die nachwachsenden Generationen von ihren älteren Geschwistern überliefert bekamen, daß der früheste ernstzunehmende Orden jene von Richard von Weizsäcker unterschriebenen Ehrenurkunden waren. Das hatte Stil und ehrte den eigenen Körperkult.

Am Endpunkt dieser Entwicklung weg vom Mannschaftssport steht dann die Love Parade. Jeder für sich, gut gebräunt, gut gebaut, durchtrainiert, tanzen, um des Tanzens willen, monatelang im Fitneßstudio still vor sich hin gequält, damit alle das Ergebnis bestaunen können. Während die Vorgängergeneration sich von den jährlichen Sportaktionen *Jugend trainiert für Olympia* tatsächlich noch weismachen ließ, hier ginge es um Sport oder gar um den olympischen Gedanken, begriffen wir irgendwann, kurz vor dem Abitur, daß wir hier nicht für Olympia trainierten, sondern für den Olymp. Und in den Olymp unserer Generation kann nur aufsteigen, wer zeigt, daß er sich quält, diszipliniert, daß er den Waschbrettbauch will und die Beinmuskeln. Es gehört zum guten Ton jedes Porträts von Heike Makatsch, Verona Feldbusch, Michael Schumacher, Birgit Schrowange, Guido Westerwelle, Stefan Raab, Xavier Naidoo oder Oliver Bierhoff, daß sie kurz über ihr tägliches Fitneßprogramm Auskunft geben. So spricht dann Valerie Niehaus, die erste Darstellerin der Julia in *Verbotene Liebe*, die Anfang Zwanzig ist und beängstigend schlank: »Ich gehe ins Fitneßstudio, um meine Figur zu erhalten.«

Ende der neunziger Jahre kam dann eine neue Mode auf, die die ultimative Verbindung zwischen Love Parade und Fitneßstudio herstellte. Es war das Inline-Skaten. Geschützt vor der Umwelt durch Sonnenbrille, Gelenkschoner und einen plärrenden Walkman, flitzten damit an den Abenden und den Wochenenden gestreßte Generationsangehörige über die Wege in Frankfurt, Berlin und Hamburg. Es dauerte auch hier nur kurz, bis sich, erst in Frankfurt, dann in Berlin, abends die Menschen zu großen Blade-Nights trafen, die keinen weiteren Sinn erfüllten, als zusammen mit ganz vielen Gleichgesinnten individualistisch zu sein. Stephanie optimierte das Verhalten noch insofern, als sie ihre Entspannung und ihr Konditionstraining mit der abendlichen Telefonierstunde verband. Wenn man mit ihr abends telefonierte, konnte man nur am gelegentlichen Schnauben erkennen, daß sie ihr Handy zwischen Schulter und Hals geklemmt hatte, um gerade besser eine Steigung hochbladen zu können. Inline-Skating entspricht übrigens auch deshalb fast noch eher als Joggen unserer Weltsicht, weil es, zumindest in flachen Städten wie Frankfurt, Hamburg und Berlin, ein Optimum an Vergnügen mit einem Minimum an Kraftaufwand ermöglicht, zudem darf man noch schöne Kleidung dabei tragen und wird braun.

Die Evolution von Mitgliedern der Jazzdance AG und der Fußball-C-Jugend zu Fitneßstudiobesuchern mit Jahresvertrag, die Adelung des kraftzehrenden Dauerlaufs zum lustvollen Joggen, die Verwandlung der Kleinmädchensportart Rollschuhfahren zum modischen Inline-Skating, das sind drei Errungenschaften, die eindeutig auf das Konto der Generation Golf zu buchen sind. Erst sie lehrten die Republik, daß es albern ist, Turnschuhe anzuziehen, wenn man als Minister vereidigt wird, und danach so fett zu werden, daß man kaum mehr in den Anzug paßt. Joschka Fischer hat das irgendwann begriffen und joggte sich gleich die alte 68er-Seele mit aus dem Leib, um solchermaßen komplettsaniert zum Lieblingspolitiker der Generation Golf zu werden. Der Mann hat die Lektion verstanden. Wir jedoch als Fanatiker des Allgemeinindividualismus müssen dafür später einmal das Ende des deutschen Vereinslebens auf unsere Kappe nehmen.

»Zwölf Jahre Garantie gegen Durchrostung. Hätte ich auch gerne«, so spricht die junge Frau in der Golf-Werbung. Präziser kann man die Sehnsucht unserer Generation nach der Konservierung des körperlichen Status quo nicht zusammenfassen. Narziß ist zum Idol geworden, Bulimie und Magersucht die konsequenten Folgen einer Welt, in der nur bestehen kann, wer auch über die Weihnachtsfeiertage sein Idealgewicht hält. Zu den größten Idolen der Frauen wurde eine neue Berufsgruppe, die sich nach einer Benzin-Sorte benannt hatte und Super-Model hieß. Nadja Auermann, Christy Turlington, Helena Christensen und Elle MacPherson, die den schönen Spitznamen The Body ihr eigen nennen darf, wurden verehrt für ihren vierundzwanzigstündigen Kampf gegen Cellulitis und Fettpölsterchen. Sie durften zudem immer die schönen Kleider von Cerrutti, Valentino, Versace und Dolce & Gabbana tragen, deren Stil und Namen den weiblichen Generationsangehörigen bis heute den Atem rauben. Aber sie hatten eben auch einfach mehr Identifizierungspotential als etwa Nena, die beim Greifen nach den Luftballons immer zu große Haarbüschel unter den Achseln zeigte, oder Biggi Lechtermann, die etwas wurschtige Moderatorin des ZDF-Kinderferienprogramms. Bei beiden war man sich nicht sicher, ob sie wirklich ausreichend Zeit vor dem Spiegel verbrachten.

Wenn es eine Zeitschrift gibt, die es nur für diese narzißtische Generation gibt und die eingehen wird, wenn diese Generation nicht mehr Aktivurlaub macht, sondern Kreuzfahrten oder Wandertouren im Harz, dann ist es *Fit for fun*. Schon der Name allein, damit hätte man mal Rosi Mittermaier kommen sollen oder Sepp Herberger. Die Zeitschrift, die so auf Hochglanz poliert ist wie die Bizeps ihrer Leser, kam Mitte der neunziger Jahre auf, genau: im Jahre 1996, als die Generation Golf die Schule verließ und, wie von einer genetischen Programmierung getrieben, die Fitneßstudios und Sonnenstudios zu ihren bevorzugten Aufenthaltsorten erklärte. Die bunte Zeitschrift tut auf vielen hundert Seiten nichts anderes, als dem Leser zu sagen, daß er sich zu Recht quält. Denn, so sagt jeder Artikel, jedes Foto, jede Anzeige, fun hat nur, wer fit ist. Zu den Abbildungen der Menüvorschläge würde Loriot sagen: sehr übersichtlich. Nebenbei enthält das Zentralorgan der Generation Golf noch regelmäßig eine Liste mit 100 Singles zum Verlieben – eine Form von Partnerschaftsanbahnung, die so erfolgreich ist, weil von vornherein klar ist, daß man eine gemeinsame Basis hat: das ewig rotierende Laufband im Fitneßstudio.

Das Potential der Fitneßstudios erkannte man in Deutschland erstmals, als Madonna von ihrem Fitneßtrainer ein Kind bekam. Dann sah man plötzlich in *Ein Fall für zwei*, wie Privatdetektiv Matula sich für seine Hetzjagden durch den Frankfurter Osthafen in einem Studio stählte, in dem Gewichte lagen und Trimmräder. Selbst in den Neckermann-Katalogen stand auf den Badezimmerseiten bald ein solches Trimmrad, manchmal auch Hometrainer genannt, vor der Badewanne, doch noch hatte man nicht begriffen, daß das sinnlose Herumradeln auf der Stelle nichts war, was man alleine tun will. Noch hatte man auch nicht begriffen, daß die Generation erst das Abitur machen mußte, für die zwei Stunden auf dem Trimmrad schöner waren als eine Radtour durch Dänemark. Doch jetzt ist sie da. Und mit ihr all die Fitneßstudios, wo Hunderte von Generationsangehörigen nebeneinander an ihren Körpern arbeiten. Inzwischen ist sogar das Laufband perfekt auf unsere Bedürfnisse zugeschnitten: Ideal ist es, wenn man sich während des Schwitzens nicht nur in mehreren Spiegeln beobachten, sondern gleichzeitig noch auf frei hängenden Monitoren die neuesten Aktienkurse auf n-tv sowie die Videoclips auf VIVA verfolgen kann. Das kommt schon relativ nahe heran an die Glücksvorstellung unserer Generation.

Zeitgleich mit *Fit for fun* kam 1996 auch die Zeitschrift *Men's Health* auf den deutschen Markt, die sich trotz ihres schwierigen Namens überraschenderweise genauso durchsetzen konnte wie zehn Jahre zuvor die Band The Smiths oder die Schauspielerin Gwyneth Paltrow. Angenehmer noch ist die *GQ*, die einzige Männerzeitschrift, aus deren Anzeigen und Modestrecken man sich sinnvolle Anregungen für den nächsten Kleiderkauf holen kann. Zeitschriften für die weiblichen Narzißten gab es schon des längeren. Ein wenig versuchte sich die *Petra* in diesem Genre, doch richtig überzeugend war von Anfang an *Cosmopolitan*. Man könnte es etwa so sagen: *Brigitte* ist die Zeitschrift für die junge Frau, die sich nicht nur für ihre eigene Cellulitis interessiert, sondern auch noch ein wenig für Bücher von Susanna Tamaro und Reportagen über Kinderarbeit in Kambodscha. *Petra* ist die Zeitschrift für die junge Frau, die sich neben Cellulitis vor allem für die neueste Kartoffeldiät interessiert, ihre Wohnung gerne nach Feng-Shui-Gesichtspunkten einrichtet und Marlboro Lights raucht. *Cosmopolitan* schließlich ist das Zentralorgan der deutschen Seitensprungagenturen, rechtschaffene Ehefrauen müssen nach der Lektüre von wenigstens zwei Ausgaben das Gefühl haben, ihr Hormonhaushalt sei von Hans Eichel kaputtgespart worden (»Morgens Sven, abends Wolfgang. Ein Fest fürs Ego«). Die Fragebögen sind immer so easy, daß sie Marcel Proust auch nicht nur einmal ausgefüllt hätte. *Cosmopolitan*-Leserinnen stelle ich mir immer eher schwarzhaarig vor und sinnlich, so wie die Frauen, die für italienische Ofen-Pizzen werben. *Brigitte*-Leserinnen werben mit beigefarbener Hose und hellblauer Bluse für das neue Lenor. *Petra*-Leserinnen bewerben entweder, zumindest früher, Baileys, heute auch mal die Always ultra. So sah es ungefähr aus, bis das Gefüge der Frauenzeitschriften ein wenig außer Kontrolle geriet. Denn wenn schon die Männer plötzlich *Men's Health* hatten, wollten auch die Frauen plötzlich was zum Spielen haben. Sie bekamen *Allegra* und *Amica*. *Allegra* ist schwarzweiß und überraschend gut, traditionell und modern, stilvoll und kontrolliert gewagt – sie ist eben wie die Generation, die sie liest. *Amica* ist die Assi-Variante, sie liegt in Sonnenstudios rum und in Robinson-Clubs und wird wohl vor allem von Angestellten solcher Etablissements durchgeblättert. Von Lesen kann hier nicht die Rede sein. Ein erwachsener Mitteleuropäer benötigt für den Konsum einer 376 Seiten starken Ausgabe von *Amica* nach meinen persönlichen Recherchen nie länger als acht Minuten, was insbesondere bei Zugreisen zu Frustrationserlebnissen führen kann, weil die Käuferin offenbar hofft, damit drei Stunden zu überbrücken, doch schon nach neun Minuten mit dem Fingernägelkauen und dem intensiven Lesen des Faltblattes *Ihr Zugbegleiter* beginnen muß. So weiß die enttäuschte *Amica*-Käuferin dann, wenn sie in Stuttgart aussteigt, immerhin, daß in Karlsruhe der Anschlußzug nach Bad Gandersheim gestorben ist. Beziehungsweise, wenn sie noch Zeit hatte, das Kleingedruckte zu lesen, daß er nur werktags fährt.

Die Idee zum Unisexmagazin *Fit for fun* kam dem Verleger Dirk Manthey übrigens nicht beim Faltblattlesen, sondern, wie die Legende will, als er beim Joggen an der Hamburger Außenalster in einen Pulk von fremden Mitläufern geriet, die offenbar aussahen, als hätten sie Durst nach Fitneß-Informationen. Inzwischen liegt die Auflage bei monatlich rund 350 000 Exemplaren. Die offizielle Maxime ist »der natürliche Einklang von Geist und Körper«, wobei sich das Magazin zuletzt doch verstärkter um den Körper kümmerte und den Geist immer öfter einen guten Mann sein ließ. *Men's Health* kommt auf 250 000 Exemplare, was auch insofern beachtlich ist, da das Titelstorypotential schon nach einem Jahr ausgereizt scheint und sich Monat für Monat verläßlich zwischen »Waschbrettbauch – sofort« und »So klappt es mit dem Waschbrettbauch« bewegt.

In einem unendlich langweiligen Interview mit den Chefs von *Cosmopolitan* und *Men's Health* versuchte ein Interviewer der *Zeit* einmal vergeblich, Gemeinsamkeiten zwischen beiden Magazinen aufzudecken. Am Ende überraschte er die beiden Blattmacher mit der Feststellung, *Cosmopolitan* sei katholisch, *Men's Health* protestantisch. Das verblüffendste an dieser Feststellung ist dabei, daß sie stimmt. Man hat den Eindruck, als müßten sich nun auch die Männer erst einmal ein Jahrzehnt lang durch eine protestantische Vorhölle lesen, bevor auch für sie Sinnesfreuden cosmopolitischen Ausmaßes auf dem Programm stehen. Die Waschbrettbauch-Titelstorys, die in ihrer Uniformität allein durch monatlich gleich unbequem kniende Schlampen auf den Covern von *Coupé* geschlagen werden, müssen uns erst so lange quälen wie die Frauen, die sich Frühjahr für Frühjahr durch eine neue, ergebnislose Bikini-Diät gehungert haben. Im Grunde gab es die katholische *Men's Health* ja längst. Es war der *Playboy*. Doch leider war das immer eher eine amerikanische Katholizität: Er hatte etwas Dieter-Bohlen-René-Wellerhaftes, und die Frauen sahen immer so schrecklich steril aus wie später die ganzen Daily-Soap-Hauptdarstellerinnen, wenn sie sich für *Max* fotografieren ließen. Es war deshalb albern, den *Playboy* immer als verrucht zu ehren. Als Anja Kruse von Sascha Hehn in der 23. Folge der *Schwarzwaldklinik* im Negligé überrascht wurde, und das abends um halb acht, hatte das für uns ein höheres Erregungspotential als wieder eine mit Massageöl eingeriebene Fleischfachverkäuferin aus Schweinfurt. Weniger hoch war übrigens das Erregungspotential angesichts von Sascha Hehn, dem neben Victor Worms und Christoph Daum einzigen unermüdlichen Kämpfer für den Mittelscheitel beim Mann. Es verrät viel über den Zustand der Moral in den achtziger Jahren, daß ausgerechnet dieser Musterschwiegersohn, der es schon für renitent hielt, wenn er unrasiert zum Frühstückstisch erschien, im Glottertal als Hallodri verkauft wurde. Wäre er nicht ein kleines bißchen zu alt gewesen, dann hätte aus Sascha Hehn ein recht ansehnliches Exemplar unserer Generation werden können. Zumindest kannte er offenbar Fitneßstudios, was ja immerhin schon etwas ist.

4. »Der Golf zeigt wahre Größe im Detail«

Stil. Kleidung. Wohnen. Essen.

Die Erinnerung an die Zimmer unserer Jugend ist verheerend. Grob ließen sie sich dadurch unterscheiden, ob man Poster von Popbands aufhängen durfte oder nicht. Bei den Jungen hing dann anstelle von Falco, Limahl oder Matt Bianco auch immer das Foto ihres Fußballvereins an der Wand, daneben ein paar Autogrammkarten und Ehrenurkunden von den Bundesjugendspielen. Aber dann wurde es auch schon dünne. Mädchen konnten sich auch die Poster mit Sonnenuntergängen hinter Palmen an die Wand pinnen, bei uns war das Spektrum des Geduldeten sehr eingeschränkt. Ich besuchte deshalb nachmittags gerne Mädchen, bei denen andere Sachen an der Wand hingen als Poster von Eintracht Frankfurt. Bei Katja war die Kombination am unglaublichsten. Und nur meine große Liebe ließ mich offenbar darüber hinwegsehen, daß sie eine hellblaue Tapete mit weißen Möwen hatte, auf der zwei Poster von Pierrots mit Tränen klebten. Die Pierrot-Poster waren die *Was wirst Du tun, wenn der letzte Baum gefällt ist?*-Plakate unserer Generation. Auf dem Tischchen stand Leonardo-Geschirr mit Wölkchen und daneben eine Yucca-Palme, aus dem Kassettenrekorder kam Nino de Angelos *Jenseits von Eden.* Wer Pierrot-Poster und Leonardo-Glas hatte, hatte zehn Jahre später übrigens Keith-Haring-Plakate und Alessi-Geschirr, das war fast zwangsläufig.

Bei den Jungen, die *Midnight Lady* von Chris Norman hörten, waren die Zimmer eher wischiwaschi. Die Möbel hatte die Mutter ausgesucht, in dem kärglichen Bücherregal standen ein paar Sachbücher aus der *Was ist was?*-Serie, die die Tiefsee erklärten und die Entstehung mittelalterlicher Kathedralen. Taschenbücher mochten wir nicht so, weil immer hinten kurz vor Schluß urplötzlich eine Werbung für Pfandbriefe und Kommunalobligationen den Textfluß unterbrach. Manchmal hing über dem Bett ein Schal des Lieblingsvereins. Lagen bei den Mädchen wenigstens noch ein paar Bärchen oder ein Monchichi auf der Bettdecke, war sie bei den Jungen leergeräumt, die einzige Sentimentalität, die wir uns gestatteten, war ein Kim-Wilde-Poster über dem Schreibtisch. Insgesamt fehlte aber bei allen Zimmern meiner Freunde ein sichtbarer Gestaltungswille. Doch irgendwann wurde die Unentschiedenheit der Zimmereinrichtung dadurch überwunden, daß technische Geräte die Dominanz übernahmen. Dabei war interessant, daß alle Computersachen am Anfang immer das gleiche Beigegrau hatten wie die alten Telefone der Post, die es damals noch gab. Erst viel später, als die Post schon fast Telekom hieß und nicht mehr gelb war, sondern pink, konnte man zwischen zwei Farben wählen: Moosgrün und Weinrot. Es gab das neue Tastentelefon auch in Dunkelblau, aber das wollte niemand außer Harald Schmidt, bei dem es auf dem Schreibtisch von *Schmidteinander* stand, und deshalb wurde es aus dem Sortiment genommen. 1984 jedenfalls gab es noch hellgraue Telefone mit durchsichtiger Wählscheibe und einem Hörer, der obendrauf lag und mit einem weißen Kabel am Gerät festhing, und in der Mitte der Wählscheibe war in altertümlicher Schrift »Notruf« eingetragen und »Feuerruf«. Doch diese Geräte hatten schlagartig an Bedeutung eingebüßt, seit es nicht mehr ganz so wichtig war, telefonisch zu erfahren, was man aufhatte oder wer in wen »ist«, da man sich ohnehin am Nachmittag bei Uli, Markus oder Holger traf. Uli etwa hatte als erster eine Atari-Konsole, auf der wir tagelang Space Invaders spielen konnten, daneben stand eine Power-Stereoanlage, aus der immer Culture Club dröhnte. Aber selbst das fanden wir damals gut, fast so gut wie *In the Air tonight* von Phil Collins. Vor allem waren wir glücklich, daß wir nicht länger eine durchsichtige Figur, die sich Mister X nannte, als Scotland-Yard-Detektive über einen Londoner Stadtplan verfolgen mußten. *Trivial Pursuit* war nicht viel besser. Denn die Frage, in welcher amerikanischen Komödie James Dean den Satz »Nun zu uns, Schätzchen« sagte, konnten wir nicht beantworten und wollten es auch nicht. Erst in der zweiten Auflage waren dann deutsche Fragen in dem amerikanischen Spiel, die Antwort war meist Thomas Gottschalk. Aber das alles hatte ja, wie gesagt, ein Ende, als es Commodore-Computer gab. Markus war neben Martin der erste mit einem C 64 (und also mit Pac Man), und Holger machte uns mit der Erfindung des Videorekorders bekannt. Relativ kurze Zeit war Holger der Größte, wenn wir uns bei ihm Mittwochnachmittags die Aufzeichnung der Musiksendung *Formel 1* vom Abend reinziehen konnten, die wir verpaßt hatten. Und mittwochs kam *Falcon Crest*, und das wollten wir ohnehin nicht sehen. Aber Holger blieb nicht lange König. Seine Eltern hatten ihm nämlich einen Video-2000-Videorekorder geschenkt, und nach kurzer Zeit wurde deutlich, daß Holger kaum noch Kassetten für seinen Rekorder bekam, weil alle anderen VHS hatten. Ein fast tragischer Fall. Ich weiß nicht, was aus ihm geworden ist.

Den ersten VHS-Rekorder in einer Generationsgenossen-Wohnung sah ich fast zehn Jahre später bei Bernd. Eigentlich kenne ich Bernd gar nicht. Sage ich jetzt. Damals jedoch war ich mit ihm fast befreundet, zumindest offiziell, lud ihn sogar zu meinem Geburtstag ein, zähneknirschend, weil er eben der Freund einer Freundin war, und da hieß es Zähne zusammenbeißen. Einmal jedenfalls war ich in Bernds Wohnung, an irgendeinem Silvester am Ende der neunziger Jahre. So ist das ja manchmal, daß man so lange patzig auf die Frage »Und was machst du an Silvester?« reagiert, bis man am Ende zu jemandem geht, den man kaum kennt. Seit diesem Besuch bei Bernd bastle ich eifrig an meiner Theorie, wonach man Menschen zwar weiterhin in zwei Gruppen einteilen sollte, aber nicht länger pauschal in Männlein und Weiblein, sondern in Altbaubewohner und Neubaubewohner. Diese zentrale Lebensentscheidung, getroffen im Vollbesitz der geistigen Kräfte, sagt am Ende doch mehr aus über eine Person als eine letztlich rein zufällige Chromosomenanordnung. Bernd jedenfalls, der Vorname deutet es bereits an, wohnte natürlich in einem Neubau. Und er wird dort wohnen bleiben, bis man seinen Neubau fast schon einen Altbau nennen könnte, doch dann wird er, ich garantiere es, in einen neuen Neubau umziehen. Denn Männer wie Bernd lieben weiße Wände, niedrige Decken und Böden, die man gut feucht durchwischen kann. Nicht daß er das selber macht, das erledigt die Putzfrau für ihn. Als er beschlossen hatte, eine Putzfrau »zu nehmen«, wie man das bei ihm in der Bank nannte, ohne seinen Eltern davon zu erzählen, da meinte er, nun wirklich erwachsen geworden zu sein.

Bernds Wohnung liegt in einer Neubausiedlung am Rande der Stadt. Zwei Zimmer, Küche, Bad. Im Schlafzimmer stehen ein großer Schrank und ein großes Bett. Auf dem Nachttisch liegen die letzten beiden Ausgaben von *Max* (»Obwohl sie früher besser war«) und die *TV Spielfilm* (»Eigentlich ist mir die Zeit zu schade, um Fernsehen zu schauen«) sowie eine Waschbrettbauch-sofort-Zeitung, dazu einige Bücher, Geschenke von Weihnachten und dem letzten Geburtstag, die Bernd demnächst einmal weiterlesen möchte, wenn ihm nicht nur immer schon nach der ersten Seite die Augen zufallen würden. Ist eben sehr anstrengend, mein Job, sagt er sich dann und zappt sich noch gut zwei Stunden vergnügt durchs Fernsehprogramm. Der Fernseher ist ein zentraler Einrichtungsgegenstand im Schlafzimmer von Bernd. Hier liegt er am Sonntagnachmittag auf dem Bett, ißt Crunchy Nuts mit Milch und schaut Formel-1-Rennen.

Das Schlafzimmer sieht so aus wie die Hotelzimmer in Heilbronn und Wolfsburg, in denen Bernd schläft und Pay TV guckt, wenn er auf Dienstreisen ist: weiß und praktisch. Auch beim Wandschmuck hat sich

Bernd an diesem Vorbild orientiert. Er hat sich zwar gewundert, warum das große Schwarzweißposter mit frühstückenden Arbeitern auf einem Hochhausgerüst in New York 680 Mark gekostet hat, aber der Verkäufer im Poster-Shop in der Fußgängerzone hatte ihm gesagt, dieses Poster sei ein echter Klassiker. Eigentlich wollte Bernd ja ein großes Schwarzweißfoto einer blonden Frau mit weißer Corsage kaufen, aufgenommen von hinten, doch er ahnte schon, daß ihn dann Birgit, seine Freundin, fragen würde, ob er sie überhaupt noch liebe. Und wenn Bernd zu irgendwelchen Diskussionen keine Lust hatte, dann zu solchen. So schläft Bernd nun unter den verschwitzten Arbeitern, die auf einer waghalsigen Eisenkonstruktion ihr Frühstück mampfen. Ganz logisch erscheint ihm das zwar nicht, wenn er anfängt, ikonographischen Gedanken nachzuhängen, aber da das selten der Fall ist, bleibt das Poster, wo auch die Glühbirne geblieben war, nämlich da. Einmal, so erzählt Bernd, sei seine Mutter zu Besuch gekommen und hätte gesagt, daß die Männer der Popband, die früher über seinem Bett hingen, hübscher seien als diese hier. Wie er es erzählte, merkte man, daß er im Grunde am liebsten auch das Poster von Duran Duran wieder aufhängen würde. Aber was würde Birgit denken.

Im Wohnzimmer sorgen der Fliesenboden und die schwarze Ledergarnitur für eine Kühle, die Bernd mit Modernität verwechselt. In seinem Dorf wurden damals einfach zu viele Otto-Kataloge gelesen. Zugleich aber versuchen die pastellfarbene Gardine, der letzten Samstag bei Ikea gekaufte und deshalb noch sehr grüne Ficus Benjamini und auch das Gesteck auf dem Wohnzimmertisch, das von Bernds Mutter von Februar bis Mai auf Ostern getrimmt wird, danach auf Erntedankfest und anschließend recht lange auf Weihnachten, müde Gemütlichkeitsfunken zu versprühen. Rum liegt hier nichts. Links in der Ecke schwebt ufogleich eine Lampe über dem Eßtisch, um den sich akkurat vier Stühle gruppieren. Vier Stühle. »Wenn mal Gäste kommen.« Die Lampe ist so häßlich wie alle deutschen Lampen. Angesichts der Häßlichkeit deutschen Lampendesigns »wird man sofort neidisch auf Stevie Wonder, und nicht, weil er so gut singt« (Max Goldt). Will sagen: Bernd kann ja für vieles was, aber nichts für die schrecklichen Lampen.

Am Boden neben dem Fenster steht ein großes grauenvolles oranges Gummibärchen, das von innen beleuchtet ist, gekauft hat er es bestimmt in der Abteilung Junges Wohnen eines großen Möbelkaufhauses. Die Ledergarnitur blickt auf ein schwarzes Regal, in dem links einige Alibibücher stehen, von denen selbst Bernd nicht mehr behauptet, sie noch lesen zu wollen. Daneben ein Foto, das Bernd mit seinem besten Freund beim Skiurlaub zeigt. Dann Fernseher Numero zwei, ein wenig größer als im Schlafzimmer, damit man die Börsenkurse im Laufband bei n-tv besser lesen kann. Der VHS-Videorekorder. Und dann eine schwarze Hi-Fi-Anlage, die zwar auch Radio und Kassettenrekorder besitzt, aber eigentlich nur so. Genutzt wird allein der CD-Spieler, wie die beiden rechten Regale zeigen, wo die CDs akkurat in Reih und Glied stehen. Meist samstags, wenn die Freundin noch nach Kosmetika Ausschau hält, gönnt sich Bernd eine neue CD. Er sagt tatsächlich »gönnt«.

Wenn ich mich recht erinnere, lag auf der Platte unter dem Wohnzimmertisch noch ein kleiner Stapel alter Wirtschaftsmagazine und das *Kicker*-Sonderheft mit Porträts aller Bundesligamannschaften der neuen Saison (Bernd gehört noch einer Generation an, in der es noch nicht sittenwidrig war, Fan von Borussia Mönchengladbach – aus Ernst Huberty-Zeiten auch bekannt als M'gladbach – oder Eintracht Frankfurt zu sein). Auf dem *Kicker*-Sonderheft liegen zwei Werbeprospekte von einem Pizzaservice. Und drei alte Fernbedienungen. Komisch, dachte Bernd, Fernseher und Freundinnen kommen und gehen, die alten Fernbedienungen aber bleiben. Einen Computer hat Bernd nicht, manchmal bringt er sein Laptop, das er beharrlich »Schlepptop« nennt, mit vom Büro nach Hause. Außer Intel hat er allerdings nur Computerspiele wie Lara Croft inside. Die spielt er dann, mit gelockerter Krawatte (gelb mit lustigen Mustern), entspannt auf dem Ledersofa sitzend, die Füße bereits in bequemen weiß-blauen Badelatschen. Im Flur harmoniert die verchromte Garderobe mit dem silber eingefaßten Spiegel, auf dem Fußabtreter steht »Hax'n abkratz'n«. Böswillige Zungen behaupten, in der Küche hinge ein Fotokalender von der Kreissparkasse seines Heimatortes im Bergischen Land. In der Küche, über dem unbenutzten Herd, hängt auch ein Block, auf dem gedruckt steht »Meine Lieblingsrezepte«, untendrunter sind ganz viele leere Linien, wo Bernd eintragen könnte, was seine Lieblingsrezepte sind, wenn er welche hätte. »Mal wieder richtig schön essen gehen« ist eher seine Formel für einen gelungenen Abend, als in der Küche zu stehen und Kartoffeln zu schälen.

Da denke ich doch lieber an Stephanie. Ihre Berliner Altbauwohnung verbindet mit Bernds Wohnung eigentlich nur eines: das Einrichtungshaus. Es gehört zu den wundersamen Phänomenen der an Phänomenen nicht eben armen Ikea-Welt, daß man aus den unermeßlichen Schätzen des Kataloges sowohl eine eiskalte Wohnung ohne jede Atmosphäre zusammenbauen kann als auch einen jener warmen erdtonartigen Wohlfühlräume. Stephanie gehört zu den Menschen, die sich gerne wohl fühlen. Deshalb weiß sie, daß man nicht alles bei Ikea kaufen darf, wenn die Wohnung wohnlich sein soll. Also: Regale schon, Billy weiß lackiert ist das ultimativ schlichte Aufbewahrungsprogramm für Bücher aller Art. Auch Lampen kann man bei Ikea kaufen und durchaus das Bett oder Stühle. Es fällt nur unangenehm auf, wenn alles von Ikea ist.

Ein Besuch bei Ikea ist also, anders als ein Besuch bei McDonalds, eine Kunst für sich. Das hat weniger mit den Hot dogs am Ausgang zu tun, wo man sich so viele Gurken und Brösel auf das Würstchen legen kann, wie man will, während man darauf wartet, daß die Billy-Regale aus den unendlichen Tiefen des Raumes herbeigeschafft werden. Wer beim Hot-dog-Daim-Smörrebröd-Stand angekommen ist, hat vielmehr schon das Schlimmste hinter sich. Es beginnt damit, daß man unter der Woche beschließt, am Samstag mal zu Ikea zu fahren. Irgendwohin muß man ja schließlich fahren mit seinem Golf. Am Samstag, wenn man dann auf den riesigen Parkflächen rund um das Möbelhaus stundenlang einen Parkplatz sucht, merkt man, daß auch in dieser Woche wieder zehntausend Menschen denselben Entschluß gefaßt hatten. Man parkt also, beschließt, sich den Standort zu merken, und hat ihn leider schon wieder vergessen, als man beim Weg zum Eingang die Einkaufsliste rekapituliert. Da die Dinge, die man bei Ikea kauft, in der Regel größer sind als Tomaten und Milch, verzichtet man naiverweise immer wieder auf eine schriftliche Einkaufsliste, was unweigerlich dazu führt, daß man am Ende immer mit mindestens einem Teil nach Hause kommt, in der Regel dem Hunderterpack Teelichter, von dem man vorher gar nicht wußte, daß es einem fehlte, und von dem man zwei Wochen später weiß, daß es einem wirklich nicht gefehlt hat. Es wäre eine Möglichkeit gewesen, diesmal einfach auf die gelbe Riesenknittertüte zu verzichten, samt ihrer blauen Tragegriffe, die einen immer an die Bändchen erinnern, die man früher in Hallenbädern ums Handgelenk schnürte, weil daran der Schlüssel zum Kleiderspind hing. Aber man verzichtet eben doch nie auf die Riesenknittertüte, selbst wenn man eigentlich nur ein neues Regal kaufen will, und nutzt sie dann zu Hause als Sack für die schmutzige Wäsche.

Zu Ikea rückt man vorzugsweise paarweise an, um den Anblick der tausend anderen jungen Paare besser zu ertragen, die wahrscheinlich verliebt bis über beide Ohren über die notwendige Matratzengröße debattieren und darüber, ob sie nun das Bett Gutvik kaufen sollen oder doch eher den Narvik. In dieser durch Tausende andere, offenbar friedliche und liebeshungrige Paare etwas aufgeheizten Stimmung können sich über den Griff des einen Partners zur Riesenknittertüte bereits die ersten Funken eines Streits entfachen. »Wofür brauchen wir eine Tüte, ich denke, wir kaufen nur ein Regal«, sage ich. Darauf Franziska: »Du denkst offenbar, mit einem Regal sei die Wohnung bereits fertig eingerichtet.« Das einzig Beruhigende an diesen Streits ist, daß sich rund neunzig Prozent der Ikea-Besucher streiten. Zu groß ist das Aggressionspotential. Das war schon so, als Christiane, kurz nach dem Abitur, mit ihrer Mutter die Einrichtung für die erste Wohnung kaufen wollte. Und das war dann genauso, als Christiane dort mit Roman für die gemeinsame Wohnung einkaufen wollte. Immer denkt der eine, der andere interessiere sich nicht ausreichend beziehungsweise er will dem anderen seinen eigenen Geschmack oktroyieren. Was wohl auch in der Regel stimmt. Wer übrigens wissen möchte, wie junge Generation-Golf-Paare ihre Kinder nennen, muß nur an einem beliebigen Samstag den Lautsprecheransagen eines beliebigen Ikea-Kaufhauses lauschen. »Die kleine Tabea – beziehungsweise der kleine Frederic – möchte aus dem Kinderparadies abgeholt werden«, schallt es einem alle drei Minuten in die Ohren. Da sehr oft junge Paare hier einkaufen gehen, die noch fieberhaft auf der Suche nach einem Namen für den baldigen Nachwuchs sind, ist es sehr wahrscheinlich, daß ein Großteil unserer Generation seine Anregungen aus den Lautsprecheransagen der Ikea-Möbelhäuser erhielt. Auch die Golfer geben ihre Kinder natürlich im Kinderparadies ab – jenem Ort, in dem sie einst selbst von ihren Eltern abgegeben wurden, als die sich ihre Ivar-Regale aussuchten. »Die Suche nach dem Ziel hat sich erledigt« – so lautet der Werbespruch für den neuen Golf (und sein satellitengestütztes Navigationssystem). Wenn es einen Ort im Freizeitpark Deutschland gibt, an dem sich dieses Diktum seit zwei Jahrzehnten bewahrheitet, dann sind es die Ikea-Kinderparadiese. Ein riesiger Glaskasten, mit bunten Kugeln gefüllt, durch die man sich stundenlang durchwühlen kann, ohne daß man sich weh tut und ohne daß man irgendwo ankommt. So etwas prägt.

Aber nun wollen wir mal nicht so sein. Auch ansonsten ist einiges ziemlich gut bei Ikea. Zum Beispiel, daß die Bestellzettel, mit denen man nachher seine großen Teile abholen kann, mit einem Uraltdrucker auf Endlospapier gedruckt werden, als hätten wir noch immer 1984 und das einzige, was man außer Schreiben mit einem Computer machen konnte, Pac Man spielen war. Schön ist immer wieder auch, daß die Grünpflanzen kurz vor der Kasse so unglaublich grün sind, obwohl die Erde völlig ausgetrocknet ist und sie am dunkelsten Ort des ganzen Gebäudes stehen (braun und welk werden sie erst ein paar Tage später, wenn man sie zu Hause regelmäßig gießt, betütelt, düngt und ins Helle stellt). Wie schön, daß einem heute in Deutschland vor allem Ikea, McDonalds und H&M solch starke Orientierung bieten. Man kann nach Hildesheim fahren oder nach Chemnitz, und doch weiß man gleich, daß es am Ausgang Hot dogs gibt, daß die Strohhalme über dem Abfalleimer gestapelt sind wie Mikadostäbchen und daß die Socken neben der Kasse hängen.

Aber Ikea ist ja nun auch nicht alles. Zu weißen Billy-Regalen etwa sollte man idealerweise von Großmüttern geerbte oder geliehene Kommoden und Schränke gesellen. Notfalls tun es auch Mobiliar und Accessoires vom Flohmarkt. Hauptsache, es ist der Tendenz nach alt, ein wenig benutzt und eher dunkelbraun. Beziehungsweise es hat die Traumfarbe des Kirschholzes, das in Form von Biedermeierstühlen und Schränken mit steigendem Einkommen den Eingang in die Wohnungen saturierter Golfer findet. Megaout ist – wie das Leo-Lukoschik-Wort megaout selbst – allein das Kiefernholz, jenes hellbraune undefinierbare Material mit häßlichen Astlöchern, aus dem die Träume der Vorgängergeneration waren. Wahrscheinlich wurden Kiefernholzplantagen in der Größe Weißrußlands gnadenlos abgeholzt, damit für zehn Jahre die Generation der 78er darauf ihre Stövchen und LPs ablegen konnte. Ich mußte, weil im Erdgeschoßbereich untragbar geworden, mit der Pubertät ins Dachgeschoß ziehen, wo meine Schwester zehn Jahre zuvor ihren anthroposophisch-esoterisch-friedensbewegten Kiefernholztraum ausleben durfte.

Da das große Problem ist, daß zu Kiefernholz – neben dem schnell versifften Flokatiteppich – im Grunde nur Kiefernholz paßt, breitete sich das Kiefernholz in den siebziger Jahren in bundesrepublikanischen Oberstufenschüler-Zimmern und WGs aus wie ein Computervirus. Deutschland – und ganz besonders das Schlafzimmer meiner Schwester – war innerlich bis oben vollgestellt mit Kiefernholz, man fühlte sich wie in einer gigantischen sozialdemokratischen Kiefernholz-Sauna, allein die Geburt der Generation Golf vermochte es, die völlige Ausrottung der weltweiten Kiefer-Population zu verhindern. Schätzungen zufolge dürfte die Anzahl von Kiefernholzlatten pro WG in den klassischen Horten der 78er, also Marburg, Frankfurt, Tübingen, besonders hoch sein. Zur Vermeidung dieser Holzumgebung erkoren wir dann die eher parkettausgelegten Orte Berlin, Hamburg und München zu den Zentren unserer Generation.

Auch der einstmalige Kiefernholzlieferant Ikea hat sich den gewandelten Zeiten angepaßt und verscherbelt Kiefer mittlerweile – da die Zeiten von Ivar unweigerlich vorbei scheinen – vor allem in Form eines schäbigen Regals von großer Simplizität, das zum Preis von 35 Mark auch von wohlmeinenden Zeitgenossen nur noch einen Platz im Vorratskeller zugewiesen bekommt. Aber auch das ist schon freundlich. In der Regel findet man das namenlose 35-Mark-Weißrußland-gnadenlos-abholzende-Kiefernholz-Wackelgestell inzwischen vor allem auf dem Sperrmüll. Also dort, wo für eine Generation zuvor allwöchentlich die schönsten Gründerzeitholztüren, Biedermeierrahmen und Nazarener-Stiche zu finden waren. Obwohl der Allergietest bei einem normalen Feld-, Wald- und Wiesenarzt inzwischen ungefähr 5000 verschiedene Allergiemöglichkeiten umfaßt (»Stichwort Zivilisationskrankheit«, wie Pfarrer Jürgen Fliege jetzt sagen würde), die von Latexunverträglichkeit bis hin zu Dickmilch-Unverdaubarkeit reichen, fehlt die wohl verbreitetste Netzhautreizung der Generation Golf: die Kiefernholzallergie.

Am besten kurieren wir unsere Kiefernholzallergie mit einem alten, hell gestrichenen Küchenschrank vom Flohmarkt und einem schönen dunkelbraunen Sekretär, den unsere Eltern in den Keller stellen wollten, weil sie sich endlich einen praktischen modernen Tisch mit großer Platte gekauft hatten, auf dem auch ein Computer ordentlich Platz fand. So besitzt nun Stephanie den Sekretär, der genau in den Kofferraum ihres Golfs und ins Arbeitszimmer paßt. Liegen dann noch irgendwo ein paar getrocknete Blumen herum oder ein Buchsbaumkränzchen, und in den Regalen reihen sich die Bücher, hat die Wohnung das, was Stephanie gerne Charakter nennt.

Heute geht das nicht mehr ganz so einfach, weil man das jetzt chinesisch sagen muß. Auf chinesisch heißt Charakter Feng Shui. In Wirklichkeit muß man das ganz anders aussprechen, nämlich in etwa Fang Schuei, aber darauf weisen neben meiner älteren Schwester eigentlich nur Menschen hin, die auch immer wieder damit nerven, daß in Wahrheit die Jahrtausendwende nicht am 31. Dezember 1999, sondern erst ein Jahr später dran sei. Ein Satzende, das sich übrigens viel besser auf Fang Schuei reimt als auf Feng Shui. Bei Feng Shui jedenfalls geht es um Energieströme und anderen Hokuspokus. Eigentlich geht es nur um vernünftige Sachen, also darum, daß man den Schreibtisch nicht ans Fenster stellen darf und daß jedes Zimmer durch ein paar Grünpflanzen schöner wird. Man kann davon aber auch ganz besessen werden. Ich kenne redliche Hausfrauen aus Oberhessen, die nach der Lektüre einiger Feng-Shui-Bücher, die sie sich beim Weltbild-Bücherversand für 19,80 Mark bestellt hatten, anfingen, ihr Wohnzimmer umzuräumen, damit die Einflugschneisen für die Drachen nicht versperrt sind. Und solchen Damen darf man dann nicht mit Späßen kommen. Wenn ich ihnen zu erklären versuchte, daß ein Drache, der den langen Weg von China bis nach Oberhessen geschafft habe, sich doch wohl unmöglich von einem schräggestellten Beistelltischchen den Weg versperren ließe, warfen sie mir vor, verkopft zu sein. Sehr schön ist übrigens der Hinweis eines chinesischen Designers gewesen, der den überraschten Lesern einer deutschen Zeitung mitteilte, daß Feng Shui in China völlig unbedeutend und unbekannt sei.

Egal. Feng Shui ist wahrscheinlich nur eine andere Formulierung für harmonisch. Ein Leitfaden, der einem hilft, zu sagen, warum eine Wohnung Charakter hat. Und den gibt es nun mal einzig und allein in einer Altbauwohnung. AB, St, Pk – das sind für die Lebensästheten innerhalb der Generation Golf bei den Immobilienanzeigen die geheimen Codes für Wohnkultur. Also Altbau, Stuck, Parkett. Dielen gehen auch. Darauf reagieren sie mit einem Pawlowschen Einmietreflex. Gerne steigert man auch die Wohnlichkeit der dreieinhalb Meter hohen Wände, indem man sie wieder farbig gestaltet, gelblich oder auch rot, dreieinhalb Meter weiße Rauhfaser nämlich sind der Generation Golf zu krankenhausartig. Oder, um es im Sprachgebrauch der achtziger Jahre zu sagen: zu krankenhausmäßig. Die Vorgängergenerationen verachtet man viel weniger für ihre kleidungstechnischen Verirrungen, die in den familiären Fotoalben schmerzhaft genau dokumentiert sind, als vielmehr für ihre trotzige Haltung gegenüber Altbauten. Also für den Ausbau der zweischeibigen Sprossenfenster und ihren Ersatz durch schallisolierte Plastikrahmen, für das Herausreißen hölzerner Haustüren und den Einbau einbruchssicherer Metallungetüme, für das Verdecken von Dielen und Parkett durch Teppiche und PVC-Böden. Für die Stuckabschlagprämien, die im Berlin der Nachkriegszeit verteilt wurden. Das sind Sünden, für die die Generation Golf keine Absolution erteilt.

Der Hinweis, die sanitären Anlagen seien unzureichend und die Temperatur im Winter antarktisch gewesen, wird nicht akzeptiert. Die Versicherung, die Gründerzeithäuser seien finanziert worden mit unrechtmäßig erpreßten französischen Reparationszahlungen, wird sogar belächelt. Und die Entschuldigung unserer Eltern, sie hätten damit protestieren wollen und die durch ihre Vätergeneration muffig gewordenen alten Wohnungen modernisieren müssen, wirkt auch kaum strafmildernd. Die Generation Golf hat kein Verständnis für Generationenkonflikte, die auf Kosten der Ästhetik gehen. So begegnen sie Menschen, die die vier Meter hohen Stuckdecken künstlich und ohne Zwang abgehängt haben, mit derselben Verachtung wie den

Opelfahrern, die ihren Manta tiefergelegt haben. Beziehungsweise allen Golffahrern, auf deren Rückscheibe noch immer ein riesiger KENWOOD-Aufkleber prangt.

Die Küche von Stephanie ist sehr schön. Nur der gemütliche Sessel im Wohnzimmer rangiert noch vor der Küche auf ihrer imaginären Liste »Meine Lieblingsplätze«. Man sieht allerlei Zutaten, Nudeln, Knoblauch in Gläsern liegen oder stehen, auch Töpfe und Löffel hängen sichtbar, auf der Fensterbank stehen Kräuter, neben dem Herd steht ein Radio, zu dem Stephanie summt, solange sie den Parmesankäse reibt. In einem kleinen Regal stehen Kochbücher, drei, vier Ausgaben von *Essen und Trinken*, dazu ausgerissene Rezepttips aus der *Brigitte*. An der Wand hängt ein Poster mit bunten Haustüren aus Dänemark, an der anderen ein kleineres mit italienisch beschriebenen Kräuterbildchen. Man sieht schon, daß sie später auf einer grünen Wiese in Garpa-Teakholz-Gartenmöbeln sitzen wird.

Die Küche ist für die Generation Golf ohnehin ein Ort, in dem es sich lohnt, sinnenfreudige Lebenszeit zu verbringen. Ein Ort, an den man gerne hingeht, wie Gerhard Schröder sagen würde. Die Toilette hingegen, die nach Auffassung der Vorgängergeneration einen hohen Gestaltungsbedarf hatte, ist bei uns gottlob wieder von fast berndscher Schlichtheit. Weder gibt es Zeitschriftenstapel neben dem Klo noch ein stimmungsvolles Poster auf der Rückseite der Tür, in dessen Betrachtung man versinken könnte. Auch die

Peanuts-Cartoons, die die Älteren gerne mit braun gewordenem Tesafilm an die Fliesen klebten, finden sich nicht mehr in den Badezimmern der Generation Golf. Die einzigen Bilder, die mir aus Bonn, Frankfurt und Berlin bekannt sind, weisen mit energischen Worten Männer an, ausschließlich im Sitzen zu pinkeln. Das Bad ist ein Ort, wo man Geschäfte verrichten soll. Oder sich der ausgiebigen Körperpflege widmen. Beides Angelegenheiten, die keine Gemütlichkeit verlangen. Auch die Badewannen sind, wie bei der Nivea-Werbung, allein von einem flauschigen weißen Handtuch umgeben, der Zierat an obskuren Schwämmen und karibischen Muscheln, an bunten Badelotionen aus aller Welt, an Modeschmuck und durch die Feuchtigkeit wellig gewordenen Krimis und Esoterik-Schmökern ist hygienischer Schlichtheit gewichen. Von Nivea ist auch das Haarwaschmittel. Und zwar immer das für normales Haar. Noch nie habe ich jemanden gesehen, der sich im Supermarkt getraut hätte, ein Nivea für strapaziertes Haar zu kaufen, das gelb ist oder das orange für dünnes Haar. Fast hat man den Eindruck, Nivea produziere die Sorten für unnormales Haar nur, damit jeder aber auch wirklich jeder, das blaue Nivea für normales Haar kauft. Wie dem auch sei: Auf den Badewannenrändern der Generation Golf jedenfalls steht nie ein Nivea für unnormales Haar.

Ins Bad geht man nicht mehr zum Vergnügen. Für die Generation Golf – da sind sich Bernd und Stephanie ausnahmsweise einmal einig – ist Körperpflege Teil der Arbeitszeit geworden. *GQ* und *Men's Health* predigen inzwischen in ebensolcher monatlicher Penetranz wie *Brigitte* und *Allegra*, daß ein gepflegtes Äußeres die Mutter der Porzellankiste ist, die halbe Miete und natürlich die Visitenkarte des Hauses.

Wahrscheinlich ist uns darum auch Gerhard Schröder so suspekt, weil er eben merkwürdigerweise so viel von uns hat und deshalb so wirkt wie einst Oskar Lafontaine, als er auf dem SPD-Jugendkongreß, kurz vor seiner Flucht aus allen Ämtern, neben Andrea Nahles Techno tanzte. Ganz anders als Kohl, der noch davon redete, daß es ein Charaktertest sei, ob man sich morgens beim Rasieren noch in die Augen schauen könne. Bei Schröder wäre es wohl eher eine Frage, ob man sich trotz Gurkenmaske morgens noch ins Gesicht schauen kann. Als sich Gerhard Schröder kurz nach Amtsantritt von einer Modezeitschrift fotografieren ließ, sprach Oskar Lafontaine angewidert vom Kaschmir-Kanzler und desertierte. Fast noch interessanter als die aalglatten Fotos war ein aus diesem Anlaß geführtes Interview. »Frauen sagen, Sie trügen so schöne Krawatten, Herr Bundeskanzler. Worauf achten Sie denn beim Kauf Ihrer Krawatten?« Die Antwort: »Darauf, daß Frauen sagen, ich trüge schöne Krawatten.« Gerhard Schröders Ästhetik ist also weniger eine des Angebots als vielmehr eine der Nachfrage. Auch Joschka Fischer verkörperte nach dem Regierungswechsel im Jahre 1998 von heute auf morgen jene schrödersche nachfrageorientierte Ästhetik. Er zog sich plötzlich so schön an, daß und vielleicht auch: damit alle sagten, der zieht sich aber plötzlich schön an.

So etwas kommt natürlich nicht von ungefähr. Zumindest im Falle Joschka Fischers schreibt sich deshalb die Generation Golf gewisse erzieherische Erfolge zu. Sie bildet sich ein, daß sie in Gestalt von Nicola Leske, 29, Studentin und Fischers vierter Ehefrau, direkten Einfluß auf den Stil des Bundesaußenministers genommen hat. Eine Generation, die von Kiefernholzmöbeln umgeben aufwuchs, sich die Jeans in Mutlangen durchsaß und Haareschneiden für eine Kapitulation vor der bürgerlichen Moral verstand, tut nun öffentlich Abbitte. Und lernt bei den Jurastudenten und Generation-Golf-Werbeagenturen und dem großen Erzieher unserer Generation Harald Schmidt, daß ein gut geschnittener Anzug und die passende Weste nichts aussagt über die Gesinnung. Sondern daß er es einem vielmehr erlaubt, im sicheren Gefühl, richtig gekleidet zu sein, sich den anderen Dingen des Lebens zuzuwenden. Der Marsch durch die Institutionen hat endlich auch die Fischers und Schröders zum Herrenausstatter geführt. Es war ja auch nicht mehr länger mitanzusehen. Nun hängt Fischers Dreiteiler im Bonner Haus der Geschichte.

Das Problem der Generation Golf ist dabei natürlich, daß sie sich tatsächlich mehr Gedanken macht über die Anzüge der Politiker als über deren Taten, politisch also völlig indifferent ist. Beziehungsweise: Das ist nicht das Problem der Generation Golf, sondern das Problem, das andere mit der Generation Golf haben. Denn wir stehen Schröder so emotionslos gegenüber wie der gesamten nationalen und internationalen Politik. Wir haben zur Frage, ob man Socken zu Sandalen tragen darf und welche Internetaktie man kaufen sollte, eine dezidiertere Meinung als zum Nato-Einsatz im Kosovo. Wir haben schon nicht mehr verstanden, was SDI war, als einst Ronald Reagan regierte und die Amerikaner Tripolis bombardierten, wir kapierten nicht, warum die EG jedes Jahr Unmengen von Tomaten vernichten mußte. Wir kapierten schon eher, daß Imelda Marcos, die Witwe des philipinischen Diktators, 576 Paar Schuhe brauchte, um glücklich zu sein.

Uns war die Schwangerschaft von Nadja Auermann von Anfang an wichtiger als der Gesundheitszustand von Boris Jelzin, deutsche Innenpolitik interessiert uns nur, wenn die Werbungskostenpauschale gesenkt wird oder andere Spesenabrechnungen gefährdet sind. Allein die Flucht Oskar Lafontaines aus allen seinen Ämtern entlockte auch der Generation Golf einmal so etwas wie eine leidenschaftliche Reaktion. Sie hieß: endlich!

Wahrscheinlich spürten wir, daß mit Lafontaine der letzte Politiker abgetreten war, der noch eine Gesinnung hatte, der noch an Utopien und Ideale glaubte und nicht nur so tat. Der tatsächlich glaubte, das Herz würde noch nicht an der Börse gehandelt und schlage links. Und der deshalb auch nicht für die höhere Vernunft, die die Generation Golf glaubt, für sich gepachtet zu haben, empfänglich war. Lafontaine war eine Unperson. Sein Abgang bestärkte die Generation Golf in dem Glauben, daß nun auch in der Politik endlich die Zeit der Ideologien und Überzeugungen vorbei ist.

5. »Ich bin nicht müde.
Ich will nicht nach Hause.
Wann können wir endlich
weiterfahren?«

Vorabendserien. Ewige gute Laune.
Weiterfahren, egal wohin.

Wer ein wenig enttäuscht über die Kürze der Fernsehspots ist, mit denen VW seinen neuen Golf IV anpreist, und gerne wissen möchte, was der junge Banker im strömenden Regen oder das beschwingte Paar im dunklen Wald macht, muß nicht gleich verzagen. Ihre Fortsetzung finden diese Spots in den Vorabendserien *Gute Zeiten, schlechte Zeiten* und *Verbotene Liebe*. Auch das Personal der Serie *Marienhof*, zunächst eine Verkörperung der Generation Opel Rekord, ist inzwischen beim entsprechenden Modell angelangt. Was *Denver* und *Dallas* in unseren Hirnen zart vorbereiteten, was die *Schwarzwaldklinik* dann forcierte, ist mit den Daily Soaps seit Mitte der neunziger Jahre zum beherrschenden Fernseherlebnis unserer Generation geworden: Keine Szene dauert länger als zwei Minuten, irgendwie hängt alles mit allem zusammen, irgendwann ist jeder in jeden verliebt, und eigentlich ist es ja nicht so schlimm, weil alles nur Fernsehen ist. Die Schauspieler sind Anfang Zwanzig und kommen mit dem Minimalwortschatz von Mario Basler aus. Man findet als Zuschauer dennoch Freunde in der Serie, die zuverlässig da sind, Tag für Tag, und die nach Belieben elektronisch abrufbar bleiben.

So etwas kommt natürlich nicht von ungefähr. Unsere Liebe zur Serie wurde natürlich schon früher geweckt, wenn auch noch in einem anderen Medium. Die ersten Serien waren sogenannte Bücher, und sie hießen *Hanni und Nanni, Die fünf Freunde, TKKG* und *Die drei Fragezeichen.* Es ging immer um eine Gruppe von Jugendlichen, die einen Anführer hatten, und es gab immer einen dicken Jungen, der ständig Hunger hatte, ganz so wie zeitgleich auch bei den Filmen *Eis am Stiel*. Diese Bücher, die Jahr für Jahr in neuen Folgen aufgelegt wurden, zeigten uns, daß es irgendwann egal wird, was die Helden erleben, Hauptsache, man ist dabei, wenn es weitergeht. Diese Bücher waren die ideale Vorbereitung für den jahrelangen Konsum von Vorabendserien.

Denn auch diese Serien geben gar nicht vor, eine Welt außerhalb des Fernsehens zu simulieren, was sie wahrscheinlich so authentisch macht. So sehr haben wir diese Haltung inzwischen verinnerlicht, daß wir immer öfter das Gefühl haben, auch unser Leben sei nur eine RTL-Vorabendserie. Wir ziehen uns so an, reden so, und wenn es ganz hart wird, hoffen wir auf die Werbeunterbrechung. Ganz irritiert stellen wir fest, daß man so tatsächlich durchs Leben kommen kann, so lange zumindest, wie auch alle anderen genau dasselbe denken. Wir wachen morgens nicht auf und denken: Mist, Mathearbeit. Sondern: Leben, 1237. Folge, mal gucken, was kommt. Das macht wahrscheinlich die merkwürdige Gelassenheit unserer Generation aus, die die Älteren nie verstehen werden. Der Film *Lola rennt* von Tom Tykwer bietet noch eine andere Erklärung an: Wenn Lola dreimal die Chance bekommt, eine verfahrene Situation zu bereinigen, dann ist das vor allem eine Übertragung des Prinzips der drei Leben aus den Computerspielen und Gameboys auf die Wirklichkeit. Wenn es einmal nicht so läuft, hat man immer noch zwei Leben frei.

So wie man sich im achtzehnten Jahrhundert für Verspätungen mit dem Hinweis entschuldigen konnte, man habe noch schnell einen Roman zu Ende lesen müssen, und sich über die Romanfiguren unterhielt wie über gute Bekannte, so haben diese Funktion bei uns die täglichen Vorabendserien übernommen. Zu einer besonders guten Freundin wurde uns allen dabei die unschuldige, reine Julia aus *Verbotene Liebe*. Spätestens als sich Julia von ihrer Freundin anhören mußte, daß sie immer alle so bemuttere »wie Mutter Beimer in der Lindenstraße«, war klar, daß die *Lindenstraße* Fiktion ist, *Verbotene Liebe* jedoch Wirklichkeit. Auch so etwas prägt.

Inzwischen stehen *Gute Zeiten, schlechte Zeiten, Unter uns, Verbotene Liebe* und *Marienhof*, die täglich von fast acht Millionen Menschen gesehen werden, dermaßen verjüngt da, als sei es das Ziel, so viele Generation-Golf-Angehörige wie möglich in die Schauspielerriege aufzunehmen. Man will es uns leichtmachen, gleichaltrige Freunde zu finden. Leider ist es bei diesen Billigproduktionen nicht möglich, mehr als eine Außenaufnahme pro Folge zu drehen, sonst hätten wir sicher längst erfahren, daß, vom jungen Ladenbesitzer über die Fotografin bis hin zum Model, alle Golf fahren. Ältere Semester werden nur geduldet, um den Handlungsrahmen zu stützen: Sie sind

Schloßbesitzer, Lehrer, Chefredakteure oder Intriganten. Wer mit wem und warum? Das ist die einzige Frage in den Daily Soaps, sie wird täglich neu gestellt und an jedem zweiten Tag neu beantwortet. Der Gelegenheitsgucker aus älteren Generationen versteht nur Bahnhof und nimmt vor allem eine Parade gutaussehender, junger Besserverdienender wahr, deren Talente offenkundig nicht vorrangig in der Schauspielkunst liegen und die in Düsseldorf und Berlin den Berufen nachgehen, denen junge Mädchen und Männer nach Umfragen von *Fit for fun* am liebsten nachgehen. Wer auf einer Studentenparty in der zweiten Hälfte der neunziger Jahre nicht wenigstens über den Handlungsablauf einer dieser Serien halbwegs informiert war, konnte sich gleich in die Küche verdrücken und hoffen, daß ihn jemand anspricht, weil er wissen will, wo das Klo ist. Kommunikationstechnisch jedoch blieb er ausgegrenzt. Wer nicht die Zeit hatte, die werktäglichen Serien zu verfolgen, hatte zumindest detaillierte Kenntnisse über die Samstagnachmittagsschiene bei RTL parat. Es gab wahrscheinlich rund 3,5 Millionen weiblicher Singles, die zwischen 1995 und 1999 am Samstag ab 16 Uhr bügelten oder ihre Wohnung putzten und dazu *Melrose Place* beziehungsweise *Beverly Hills 90 210* schauten.

Im Grunde können wir, die wir alle mit einem eigenen Fernseher aufgewachsen sind, jeden Fernsehkonsum nachvollziehen. Nur zwei Sendungen waren uns von Anfang an verhaßt, *Monitor* mit Klaus Bednarz und die *Lindenstraße*, das war nur etwas für unsere Gemeinschaftskundelehrer und *Frankfurter Rundschau*-Leser.

Wie man sich so etwas freiwillig antun konnte, ist mir bis heute nicht einsichtig. Wenn sich Pfarrer Matthias Steinbrück Sonntagabend für Sonntagabend mit seiner Oberkellner-Stimme und seinem grünen Parka verdruckst in den Flur von Familie Beimer schob, wurde mir ganz plümerant. Nicht, daß es uns irgendwie störte, durch die Serie über lesbische Liebe, ungewollte Schwangerschaft und Arbeitslosigkeit aufgeklärt zu werden, das hatten wir bei den täglichen Vorabendserien auch. Aber wenn die Schauspieler doch besser gekleidet gewesen wären! Wenn sie doch mal in eine ordentliche Bar oder ins Schumann's gegangen wären und nicht immer nur zu diesem verknofelten Griechen, und endlich mal diese piefigen 3-Generationen-WGs gegen schmucke Schlösser und Appartements getauscht hätten. Aber nein. Da half dann auch nicht das *Amtliche Lindenstraßen-Buch*, mit dem die Verantwortlichen einen neuen, fast verzweifelten Schritt unternahmen, die Illusion als nachprüfbare Wirklichkeit zu erklären. Zwar weiß man jetzt, daß der bescheuerte stotternde Spion Hajo Rehlein Scholz laut Drehbuch am 9. Juni 1944 in Herne geboren worden ist, und daß der Volvo von Dr. Dressler in der 190. Folge behindertengerecht umgerüstet wurde. Aber viel lieber hätte man gesehen, daß das Drehbuch Berta Griese, Hajo Scholz, Erich Schiller und all die anderen dorthin befördert, wo allein Manuel, der nervtötende Ziehsohn, gelandet ist: ins Aus. Bleiben könnten allein Tanja Schildknecht und Anna, die zweite Frau von Hans Beimer. Alle anderen, die angeblich unserer Generation angehören, Iffi, Momo und Walze, haben nichts kapiert vom Freizeitpark Deutschland und sollten strafversetzt werden in *Ich heirate eine Familie* oder in alternative Stadtteilprojekte. Wir wollen mit Leuten, die ihre Fahrräder noch selbst reparieren und sich einen Abend lang über die Nutzung der Solarenergie und Kurdenverfolgung im Nordiran die Köpfe heiß reden, eigentlich nichts zu tun haben.

Die *Lindenstraße* vergrößert auf unangenehme Weise die Komplexität der Welt. *Gute Zeiten, schlechte Zeiten* verkleinert sie. So reduziert sich Berlin hier gastronomisch auf Daniel's Bar, wo sich die jungen H&M-Träger treffen, um Kaffee zu trinken, und das Restaurant Fasan, wo sie ihre ersten Geschäftsabschlüsse besiegeln. Man hat das Gefühl, man muß nur Ausdauer haben, dann kommt früher oder später jeder in Daniel's Bar oder in den Fasan. Gerhard Schröder etwa war auch schon da, trank ein Bier und sagte dann Sätze in einer Prägnanz, die ansonsten nur sein Finanzminister Eichel zu hören bekommt: »Ich hätte gern die Rechnung.« Dann noch: »Danke.« Und schließlich: »Stimmt so.« Stimmt so – besser hätten wir unsere Liebe zu den Vorabendserien auch nicht auf den Punkt bringen können.

In einer Anzeige für den neuen Golf sagt ein junges Mädchen zu seiner Mutter, die sich offenbar Sorgen um ihre Kondition macht: »Ich bin nicht müde. Ich will nicht nach Hause. Ich will endlich weiterfahren!« Die Werbekampagne sieht in der Lust, wieder im Golf zu fahren, die große Sehnsucht der jüngeren Generation. Man kann es aber vielleicht doch noch ein bißchen weiter fassen: Wir, die als Kinder samstags um 14.30 Uhr *Spiel ohne Grenzen* sahen, und die seit Wim Thoelke glaubten, daß in brenzligen Situationen immer ganz viel Risiko mit noch mehr Fragezeichen an der Wand stehen, damit man weiß, daß es jetzt ernst wird, wir funktionieren inzwischen völlig wie eine Daily Soap. Wir gehen täglich weiter. Er läuft und läuft und läuft – Volkswagen hatte eben schon immer die besten Kampagnen für unsere Generation. Das wichtigste ist für uns das, worum sich in *Gute Zeiten, schlechte Zeiten* allein sechzehn Personen kümmern: die Continuity unseres Lebens. Daß wir solche Angst haben vor dem Innehalten, dem Besinnen wie die jungen Börsenmakler vor dem handelsfreien Wochenende, wird niemand bestreiten. Aber zum Glück erwartet das auch niemand.

Es war darum eigentlich vorhersehbar, daß zum Ende der neunziger Jahre kurz eine Frau große Berühmtheit erlangen sollte, die nicht nur ein vollwertiges Mitglied der Generation Golf ist, sondern darüber hinaus die Frage der Continuity in den Mittelpunkt ihres Schaffens gestellt hat. Niemand wird sich mehr an die Sexeinspielfilmchen aus Swingerclubs in Zwickau und von Pornoaufnahmen auf Mallorca erinnern. Aber jeder an diesen einen Satz: »Das ist eine gute Überleitung.« Das Faszinierende daran war, daß Verona Feldbusch diesen Satz in ihrer albernen Sendung *peep!*, die man demnächst in den Jahrhundertrückblicken als legitime Nachfolgerin von *Tutti frutti* preisen wird, immer sagte, auch wenn das, was sie sagte, völliger Humbug war und die Überleitung nur eine behauptete blieb. Das reichte. Solange man selbst glaubt, das eine hänge irgendwie mit all dem anderen zusammen, reicht das. In der Annahme, Neil Postman sei der, der zweimal klingelt, hat Verona Feldbusch die Diagnose des amerikanischen Medientheoretikers Jahre nach dem Erscheinen seines Buches *Wir amüsieren uns zu Tode* kongenial in die deutsche Praxis umgesetzt. Postman hatte bemerkt, daß in den Medien immer wieder die Formulierung »Und jetzt ...« auftauchte, die signalisiere, »daß das, was man soeben gehört oder gesehen hat, keinerlei Relevanz für das besitzt, was man als nächstes hören oder sehen wird«. Verona Feldbusch übersetzte »Und jetzt ...« mit »Das ist eine gute Überleitung«. Zwar haben auch die einzelnen Teile ihrer Sendung außer dem Frischfleischanteil keine nennenswerten Gemeinsamkeiten, aber durch die Suggestion einer Überleitung schenkte sie uns Zuschauern etwas vom Glauben an den großen Zusammenhang zurück, der in unserer Häppchengesellschaft längst verlorengegangen schien. Das ist eine gute Überleitung. Denn wenn man Verona Feldbusch fragt, was sie inhaltlich auszeichne, sagt sie: »Ich versuche auch stets, etwas Besonderes anzuziehen«. Auch ihre knappen Kleider, die die Häppchenkultur auf die Ebene der Bekleidung überführten, haben also vor allem einen messianischen Charakter: Sie zeigen, daß es am Ende doch immer irgendwie hält. Beziehungsweise: stimmt so.

Das ist eine gute Überleitung. Denn Verona Feldbusch als Hohepriesterin der Continuity hatte es in Deutschland besonders leicht. Nicht nur, daß ihr mit den täglichen Vorabendserien das Feld bereitet worden wäre.

Mit MTV ab Ende der achtziger Jahre und VIVA ab Mitte der neunziger gab es bald zwei Sender, die rund um die Uhr Musikvideos abspielten, obwohl uns einst, Dienstagabends mit Peter Illmann in *Formel 1*, immer schon fünfundvierzig Minuten ausreichend Diskussionsstoff für den Rest der Woche lieferten. Da hatte man schon genug Arbeit, diesen Klangbrei wieder ordentlich auseinanderzuklamüsern. Aber wahrscheinlich hat unsere Sehnsucht nach einem Leben in der Endlosschleife nur darauf gewartet, auch in unserem Lieblingsspielzeug, dem Fernseher, eine Entsprechung zu finden. Und es erscheint uns auch einfach überzeugender, daß man die Qualität einer Musik nicht bloß danach bemißt, wie es unsere Vorgängergeneration tat, wie sie klingt. Mindestens genauso wichtig ist seitdem, ob der Clip gut ist. Mit dem Rund-um-die-Uhr-Programm von MTV und VIVA ist eine neue Form von Weltzusammenhang entstanden, die Orientierung bietet, weil man jederzeit einsteigen und auch jederzeit wieder aussteigen kann. Es ist eine neue Welt, die so mächtig ist, daß sie sich, wenn sie möchte, jeden Teil der anderen Wirklichkeit einfach in ihre Wirklichkeit herüberholen kann, etwa an Silvester die Neujahrsansprachen des Bundeskanzlers. Da die Generation Golf das ironisch Gebrochene bei jeder Handlung mitdenkt, sind solche Wanderungen zwischen den Welten jederzeit möglich, ohne daß die MTV-Welt dadurch Schaden erleiden würde.

Techno und die Love Parade sind natürliche Fortentwicklungen von MTV und VIVA. Zum einen ist Techno selbst eine Endlosschleife, in der ständigen Repetition des Immer-Gleichen und des Immer-Neuen kommt die Popmusik hier, wie Diedrich Diederichsen uns erklärte, zu sich selbst. Es war dann auch nur logisch, daß die eine Endlosschleife MTV mit VIVA bald eine zweite nach sich ziehen würde und niemand es als doppelt gemoppelt empfinden würde. Es war dann auch logisch, daß den Sendern ohne Unterbrechung irgendwann auch eine Musik folgen würde, die im Grunde endlos läuft, weil alles miteinander verwoben werden kann von den DJs, den neuen Sinnstiftern. Statt Singles gibt es nun Klangteppiche, und daß die Nächte bei den Raves in der Regel bis zum frühen Morgen gehen, ist nicht nur eine Folge der durch Drogen freigesetzten Kräfte, sondern auch der Musik, die den Körper nicht mehr zur Ruhe kommen läßt. »Ich bin nicht müde. Ich will nicht nach Hause. Ich will endlich weiterfahren«, so quengelt das kleine Mädchen in der Golf-Werbung.

6. »Ätsch, wir haben mehr Golf als ihr«

Zeigen, was man hat. Markenkult.
Das Ende der Bescheidenheit.

Eine der striktesten Trennlinien zwischen unserer Generation und den Älteren verläuft auf dem Zigarettensektor. Nicht, daß wir irgendwie früher mit dem Rauchen angefangen hätten oder später, nicht, daß wir weniger rauchen würden oder mehr. Gut, vielleicht rauchen wir inzwischen wieder mehr von den dekadenten Zigarillos und Zigarren. Aber der Unterschied ist fundamentaler: Es wird sich kaum ein vollwertiges Mitglied der Generation Golf finden, das sich noch die Mühe macht, seine Zigaretten selbst zu drehen. Selbstdreher sind übrigens auch meist diejenigen, die ihren Tee nur mit Kandiszucker süßen. Ich weiß nicht genau und konnte es auch nie ganz herausfinden, was erwachsene Menschen dazu verleitet, ständig drei verschiedene Päckchen mit sich herumzutragen, um zum Zeitpunkt eines plötzlichen Rauchlustanfalls mühselig in die Produktion einzusteigen, anstatt sich einfach, wie wir es tun, die gekaufte Zigarette anzuzünden. Zwar können die 68er Pluspunkte bei Frauen sammeln, weil sie die Arbeit inzwischen ganz ihren Händen überlassen können und während des Zigarettendrehens den Damen ganz konzentriert in die Augen schauen. Das hat etwas von den Studentinnen, die ich ganz am Anfang des Studiums noch mitbekam, als sie kurz vor dem Examen standen und während der Germanistikvorlesung strickten. Auch sie schauten so konzentriert auf den Professor wie niemand von uns, der unter dem Tisch nicht noch gleichzeitig zwei Stricknadeln und ein Wollknäuel koordinieren mußte. Wahrscheinlich haben sie gelernt, die Zigarettendreher wie die Strickerinnen, daß man sich besonders anstrengen muß, dem Gegenüber den Eindruck zu vermitteln, man gehe voll und ganz auf ihn ein. Deswegen spielen sie mit ihrem ganzen Verhalten das Zigarettendrehen und das Stricken total herunter, als sei es nicht mehr als ein automatisches Kratzen an der Wade, was einen keineswegs davon abhält, der Dame in die Augen zu schauen und dem Professor zu folgen.

Wir drehen uns also unsere Zigaretten nicht selbst, weil es uns zu mühsam ist. Und weil es uns unsinnig erscheint, trotzig auf einer veralteten Evolutionsstufe zu verharren. So wirken die Zigarettenselbstdreher immer ein wenig wie die Liegefahrradfahrer, bei denen man auch immer den Eindruck hat, daß ihre halbe Energie dafür draufgeht, den anderen zu demonstrieren, wie toll sie es finden, mit dem Liegefahrrad zu fahren. Zigarettenselbstdreher sind ein wenig die Liegefahrradfahrer des Kneipenlebens.

Wohin das führt mit dem Selberdrehen, ist übrigens auch bekannt. Zur ideologischen Verbohrung. Sabine, die Frau meines älteren Bruders, dreht sich nicht nur ihre Zigaretten selbst, sondern ist auch völlig verwundert, daß es bei uns üblich ist, gebügelte Hemden zu tragen. Sie versichert mir glaubhaft, daß das bei den Spät-68ern eine Handarbeit gewesen sei, die schnöde verachtet wurde. Aber das mag auch daran gelegen haben, daß die 68er keine Kapazitäten für das Hemdenbügeln frei hatten, weil sie den ganzen Abend auf selbst bespielten Kassetten nach einem bestimmten Lied herumspulend suchten und dazwischen noch die Zigaretten für sich und ihre Freunde drehen mußten. Klar, daß da keine Zeit blieb für das Wesentliche.

Und das ist nun wirklich auffällig: Es erschien uns von Anfang an als sehr wesentlich, gebügelte Kleidung zu haben. Dabei ging es nicht ums Bügeln. Darum baten wir zunächst unsere Mütter, machten es dann selbst oder fanden relativ rasch nach Studienbeginn eine Reinigung, die das für 2,95 Mark das Hemd für uns erledigte, versehen mit dem herrlichen Zettel »Ein Oberhemd – wie Sie es wünschen«. Gebügelte Hemden sind eigentlich *das* Synonym für gepflegtes Äußeres. Gepflegtes Äußeres ist zu einem der Grundwerte unserer Generation geworden. Lange durfte man das natürlich nicht laut sagen. Auch glaubten ja viele Ältere, daß das Markengetue und die Tatsache, daß bereits Sechzehnjährige sich zu Weihnachten Van-Laack-Hemden wünschen, etwas Vorübergehendes waren, vielleicht die einzige Form von Pubertät, zu der sich unsere Generation aufraffen konnte. Snobismus als Protest. Aber dem war nicht so. Uns gefiel einfach auf Anhieb der an sich sinnlose Vorgang, daß man bei neugekauften Hemden immer zunächst eine Unmenge von Nadeln und Pappstücken entfernen muß, bevor man es entfalten kann. Nadeln-Entfernen hat etwas von einer feierlichen, ritualhaften Vorbereitung, wie das Präparieren des Hummers vor dem Genuß. Eigentlich ist nur die Tatsache lästig, daß niemand weiß, was man anschließend mit den zahlreichen Nadeln und Pappteilen tun soll und ob man sie in den Müll werfen darf oder ob sich dann arme Müllsortierer die Finger daran stechen und an unserem Snobismus verbluten. Aber darüber denkt man immer nur so lange nach, solange der Mülleimer noch auf ist. Ist die Klappe drauf, hat man nur Augen für das neue Hemd und beäugt sich längere Zeit relativ selbstzufrieden im Spiegel. Denn: Neue Hemden sehen immer gut aus, eines der großen Rätsel der Ästhetik. Und damit ein guter Grund, warum wir uns nicht nur zum sechzehnten, sondern auch zum sechsundzwanzigsten Geburtstag von unseren Müttern Van-Laack- oder Uli-Knecht-Hemden zum Geburtstag wünschten und schwarze Boss-Socken von Tante Nati. Das Yuppietum ist zur Grundhaltung geworden. Die Mottos lauten: Es war schon immer etwas teurer, einen besonderen Geschmack zu haben. Beziehungsweise: Wir können es uns nicht leisten, billige Sachen zu kaufen.

Das leicht egomanische Yuppietum ist zugleich verbunden mit einem wiedererwachten Interesse für die Sekundärtugenden Höflichkeit und Etikette, also für das Türaufhalten, den Stuhl-nach-hinten-Ziehen und die Manschettenknöpfe. Kein Wunder bei einer Generation, deren erster Gassenhauer die von Udo Jürgens gesungene Titelmelodie von Tom und Jerry war: »Vielen Dank für die Blumen«. Zwar war das auch die erste Zeichentrickserie, die unsere Mütter nicht mehr ertragen konnten, weil sie zu schnell war und auch zu brutal. Aber das war auch nicht so wichtig.

Denn in Fragen des richtigen Stils kommt es zu merkwürdigen Verbrüderungen zwischen den Großvätern und den Enkeln, wenn beide Zigarren rauchen und am Kamin bei einem Glas Whiskey über die Vorzüge der Großwildjagd debattieren. Oder wenn die Enkel in den klassischen Cuts ihres Großvaters heiraten. Zur Jahrhundertwende reagierte H&M konsequent und nahm den Smoking mit Fliege für 198 Mark ins Sortiment. Unter gutangezogenen Zwanzigern raunt man sich spätabends gerne zu, daß handgenähte Schuhe das einzige sind, mit dem man modernen Frauen noch imponieren kann. Wenn man die Beine übereinandergeschlagen hat und ihr Blick zufällig auf die kleinen Nägelchen auf der Sohle fallen, hat man den eigenen Stil nachhaltig unter Beweis gestellt. In adeligen und jurastudentischen Kreisen lädt man inzwischen wieder zum Abendessen mit Karten ein, auf denen der Dresscode vermerkt ist. Uns dämmert, daß es gar nicht so schlecht war, als es Regeln gab, an die man sich halten konnte. Regeln, die einem wie der klassische Dreiteiler das gute Gefühl geben, sich kanonisch zu verhalten. Meine älteren Geschwister waren irritiert, weil ich immer so gerne Urlaub bei Onkel Fritz und Tante Lore machte. Ich hätte ihnen erzählen können, daß ich es so schön fand, mit Tante Lore im Golf zu fahren oder nachmittags Computertennis zu spielen. Ich hätte ihnen aber nie erzählen können, daß ich es auch tat, um beim Essen von Onkel Fritz rüde zurechtgewiesen zu werden, wenn ich beim Suppelöffeln den Ellbogen aufgestützt hatte. Ich wußte, daß ich die Tischmanieren für mein späteres Leben lernen mußte, und deshalb begab ich mich freiwillig in die strengste Schule, die von Onkel Fritz. Wenn er einmal ein ganzes Mittagessen lang keinen Grund hatte, mich zu rügen, war ich glücklich und fühlte mich gewappnet für die Untiefen des weiteren Lebens.

Die Tischmanieren waren das erste, was in die Zukunft wies. Die Speisekarte unserer Jugend hingegen war eher von Traditionsbewußtsein geprägt. Nach zahlreichen Diskussionen mit Mitgliedern der Generation Golf darf man zusammenfassen: Unsere Mütter kochten in der Regel genau sieben verschiedene Menüs, egal, ob sie in Osnabrück kochten oder in Heilbronn. Zum festen Repertoire unserer kulinarischen Jugend gehörten Königsberger Klopse mit Soße und Reis und grünem Salat, Linsensuppe mit Würstchen, Leber mit Reis und Apfelmus, Apfelpfannkuchen mit Konfitüre, Nudelauflauf, Spaghetti mit Hackfleischsoße sowie sonntags ein Braten mit Kartoffeln. Danach gab es manchmal grünen Wackelpudding. Das war einer der großen Favoriten, nur noch übertroffen von dem halben Hähnchen mit Pommes und Ketchup, aber da mußte schon Außerordentliches vorgefallen sein, bis wir das beim Metzger abholen durften. Wenn ich lange genug gebettelt hatte, gab es auch als Hauptgang manchmal eine jener Mahlzeiten, die uns auf spätere McDonald's-Besuche vorbereitete: Ravioli aus der Konservendose oder Fischstäbchen von Iglo. Trotz aller Liebe zu unseren Müttern nahmen sogar die Frauen später keines der Gerichte ihrer Kindheit und Jugend in ihren persönlichen Küchenplan auf. Bei den Männern, vor allem den Singles, wurde es ohnehin bald üblich, daß die Küche nicht nur kalt blieb, sondern eigentlich völlig unbenutzt. Im Kühlschrank finden sich oft nur ein Bier und Butter. Meist kauft man sich morgens irgendwo ein Teilchen, mittags wechselt man zwischen gekauftem Baguette und Kantine, abends trifft man sich zum Essen mit Freunden. Während die 68er noch auf ein Bier gingen oder, noch besser, auf ein Bierchen, ist es für uns völlig selbstverständlich gewesen, daß man sich bereits mit 22 Jahren mit seinen Freunden zum Essen verabredete. Dieses Ritual der Erwachsenenwelt konnten wir gar nicht schnell genug erlernen. Schwierig wurde es dann erst ab etwa 28, weil dann immer mindestens zwei am Tisch die Essensrechnung bei der Einkommensteuererklärung absetzen wollten.

Früh zeichnete sich bereits ab, daß uns einmal alles zu einer Frage des Stils werden würde. Das fing natürlich alles ganz zaghaft an, anfänglich, also in den achtziger Jahren, wechselten die Modemarken, die in und die out waren, noch so häufig wie die Liberos der deutschen Fußball-Nationalmannschaft. Dann begann sich das Ganze allmählich zu stabilisieren. Wir sahen selber ein, daß es schöner war, weiße T-Shirts zu tragen, als solche, wo riesig Think Pink drauf prangte – im Grunde sah es ja auch ganz häßlich aus, wenn Karl-Heinz Rummenigge und Paul Breitner mit besonderem Stolz rote Trikots trugen, auf denen Iveco Magirus stand. Ich wollte mir nach dem Kauf des ersten einfarbigen grauen Pullovers von Benetton gar nicht mehr ausmalen, wie schrecklich all die United-Colors-of-Benetton-Riesenschriftzüge auf meiner Brust ausgesehen haben müssen. Und bei der Firma Chiemsee war eigentlich auch nur das Label cool, weil da ein Muskelprotz wie in der Cliff-Werbung von einem Felsen stürzt, ästhetisch half das aber auch nicht weiter. Da wir aber, anders als unsere älteren Geschwister, auch in der Lage waren, von unseren Eltern und Onkels und Tanten zu lernen, kauften die jungen Frauen bald im selben Laden ein wie ihre Mütter und die Männer beim Herrenausstatter ihres Vaters. Zwar kamen da ein paar Jahre lang etwas spießige Dinge an unseren Körper, aber so wie den jungen Jurastudentinnen Hermes-Tücher erst einmal lieber waren als Palästinenser-Tücher, so trugen wir auch zwei, drei Jahre Lacoste-Pullis, um uns endlich von unserem Fruit-of-the-Loom-Trauma zu lösen. Im sicheren Hort des tradierten Geschmacks und befreit von finanziell und ästhetisch aufwendigen Abgrenzungsschlachten gegen die Älteren, hatten wir ausreichend Zeit, uns unseren eigenen Stil zu basteln. So konnte man mit einem dunkelblauen Hemd mit rotem Polospieler von Ralph Lauren, das Roman heute noch trägt, ebenso gelassen die Ankunft der jungen Herrenlinien von Boss und Joop entgegensehen wie die Frauen im Twin-Set von Stefanel dem Schlaraffenland, bei dem H&M an der einen Ecke lag und Max & Co, Dolce & Gabbana und Kookai an der anderen. Wichtig war von Anfang an, daß man nicht mehr darauf achtete, daß man möglichst günstig einkaufte, sondern daß man möglichst schön einkaufte. Neureiche, die mit ihrem MCM-Täschchen oder ihren Gucci-Gürteln demonstrieren mußten, daß der elterliche Fleischereigroßhandel gut lief, straften wir von Anfang an mit Verachtung. Und dabei hatten wir nichts gegen Fleischereigroßhandelserben. Wenn sie nur stilvoll gekleidet waren. Stilvoll, das definierten wir ab Mitte der Neunziger als eine Form von Understatement. Man kaufte gute Qualität, aber es reichte, wenn man beim Ärmelhochkrempeln das Joop-Zeichen sah oder beim Jacke-Aufhängen den Kookai-Schriftzug. Noch wichtiger war, daß alle anderen dachten, daß man beim Aufhängen Joop- oder Kookai-Schriftzüge sehen könnte. Dann konnten die Sachen in Wirklichkeit auch von H&M sein oder von Gap.

Der Kauf bestimmter Kleidungsgegenstände ist, wie früher die Lektüre eines bestimmten Schriftstellers, eine Form der Weltanschauung geworden. In dem, was ich kaufe, drückt sich aus, was ich denke, beziehungsweise: In dem, was ich kaufe, drückt sich aus, was die Leute denken sollen, was ich kaufe. Deswegen ist es auch üblich, die schönen Joop!-Tüten noch wochenlang zum Transportieren von ausgeliehenen Büchern aus der Unibibliothek oder beim Umzug zu benutzen, wenn möglichst viele Umzugshelfer sehen, welch Geistes Kind wir sind. Es ist wahnsinnig, aber wir glauben das wirklich: daß wir mit den richtigen Marken unsere Klasse demonstrieren. Wichtig ist, schon beim Einkaufen Coolness zu zeigen. Sehr dankbar waren wir über die Einführung der Kreditkarte, die uns ermöglichte, jederzeit mehr zu kaufen, als wir eigentlich bezahlen konnten. Dennoch zitierten wir im Geiste American Express, sagten: »Bezahlen wir einfach mit unserem guten Namen«, und meinten es tatsächlich ein bißchen ernst. Auch sah ich viele junge Frauen in teuren Boutiquen ihre Plastikkarte auf den Tresen knallen, weil sie wußten, wie gut es aussieht, wenn die Frau in dem Werbespot die Visakarte aus ihrem schwarzen Badeanzug zieht, auf den Tisch knallt, und dazu spielt die Musik »Die Freiheit nehm' ich mir«. Die Freiheit nehm' ich mir – das ist als Spruch für unsere Generation mindestens genauso wichtig wie das »Weil ich es mir wert bin«, mit dem Oliver Bierhoff sein Shampoo anpreist. Hauptsache, so sagen diese Sprüche, mir geht es gut. Oder auch: Wenn jeder an sich denkt, ist an alle gedacht. Und wenn es mir schlecht geht, muß ich mir selber helfen, schließlich bildet inzwischen jeder, wie die *Brigitte* schrieb, eine Ich-AG. Selbst in Judith Hermanns Erzählungsband *Sommerhaus, später*, dessen Gestalten aus der Berliner Boheme eigentlich so gar nichts gemein haben mit den Generationsgenossen, die in Heidelberg und Bonn Jura studieren, wird deutlich, daß das Kreisen um sich selbst unsere wichtigste Antriebsfeder ist. Nur eine einzige Gestalt in dem Buch kann von sich sagen: »Im Grunde interessiere ich mich nicht für mich selbst.« Er wird deshalb auch von niemandem verstanden und muß zum Therapeuten. Wir alle glauben, daß kein anderer uns je wirklich verstehen kann. Und wir uns deshalb um so mehr um unser eigenes Seelenheil kümmern müssen. Um die Minenopfer in der dritten Welt kümmerte sich ja Lady Diana, und die Obdachlosen versorgt die Caritas. Die AG Hochschulforschung nennt es dann so: »Westdeutsche Studierende sind gegenüber sozialer Ungerechtigkeit unsensibler geworden. Konkurrenz ist ihnen wichtiger, Solidarität nahezu ein Fremdwort geworden.«

»Ätsch, wir haben mehr Golf als ihr« – so sagen die kleinen Jungen zur Nachbarsfamilie, die nur einen einfachen Golf hat und keinen Golf Kombi. Die Generation Golf hat gelernt, mit dem eigenen Wohlstand und Wohlbefinden nicht mehr allzu geheimnistuerisch umzugehen. Die Werbekampagne für die D2-Handys traf genau unsere Geisteshaltung: Der eine hat's, der andere nicht. Will sagen: Der eine kann sich's leisten, der andere nicht. Aber leider taugte das Handy nur eine kurze Zeit zur sozialen Differenzierung, schnell wurde es schichtenübergreifend zum obligatorischen Gebrauchsgegenstand. Wohin man kommt, sieht man nun Männer, die in S-Bahnen und Cafés sitzen, schnell ein paar Tasten drücken und ihre Mailbox abhören, ob nicht vielleicht doch wieder einmal jemand draufgesprochen hat. Das macht der Bauarbeiter wie der Telekom-Manager, der Fünfzehnjährige wie die Fünfzigjährige, und deshalb haben wir inzwischen beschlossen, daß es nichts mehr bedeutet, ein Handy zu haben. Daß es aber auch nichts mehr bedeutet, in einem Café zu telefonieren. Das Handy hat inzwischen selbst in der Provinz nur noch eine neutrale Bedeutung. Und wenn Robert Lemke käme und zu uns spräche: »Machen sie eine typische Handbewegung«, dann würden wir nicht den Hörer symbolisch ans Ohr pressen, sondern mit der Hand unser Haar glattstreichen, als kontrollierten wir uns gerade im Spiegel.

Wir haben allen gezeigt, daß es darauf ankommt, sich auf sich selbst zu konzentrieren, auf das Auto und die Kleidung. Meine älteren Geschwister sagten, wenn sie neue Kleider hatten, immer, sie hätten sie von unseren Cousinen bekommen, die rausgewachsen seien. Da unsere Cousinen und Cousins als recht schick bekannt waren, war das sehr glaubhaft, denn die Sachen sahen ja immer aus wie neu. Bei Marco und mir war das dann schon ein etwas entspannteres Verhältnis: Stolz erzählten wir uns am Telefon, wenn wir unser selbstverdientes Geld wieder in ein neues Paar Boss-Schuhe gesteckt hatten. Dabei erwähnten wir auch jeweils, das es schon recht teuer sei, 299 Mark, als wir damit anfingen, inzwischen sogar 349 Mark, aber dann sagten wir uns, sie seien dafür aber auch unumstritten die schönsten, und außerdem hielten sie auch länger. Das war übrigens das einzige Argument, das wir uns auch frühzeitig von unseren Eltern borgen konnten. Diese hatten, offenbar in einem ewigen Entschuldigungskomplex verfangen, begonnen, teure Neuanschaffungen immer mit dem Hinweis zu rechtfertigen, zwar kaufe Frau Weller ihre Daunenjacken immer für fast zweihundert Mark weniger, aber dafür müsse sie auch jedes Jahr eine neue kaufen, weil sie nach einem Winter kaputt seien. Es war schon immer etwas teurer, einen besonderen Geschmack zu haben. Das leuchtete uns von Anfang an ein. Hielt uns aber später nicht davon ab, auch im nächsten Winter eher wieder die qualitätvollere Daunenjacke zu kaufen, da gerade bei Winterjacken das Windspiel der Moden ein besonders rasantes ist und man ansonsten von den unbarmherzigen Generationsgenossen zu lange fragenden Blicken ausgesetzt wäre. Denn so tolerant unsere Generation ist, so intolerant ist sie in Stilfragen: Die richtige Kleidung kann alles wettmachen. Die schlechte Haut, die bäuerische Herkunft, die schlechte Examensnote. Hauptsache, man ist richtig gekleidet, wie es der Kaschmirkanzler und Joschka Fischer auch von Anfang an als zentrales Regierungsprogramm vertreten haben.

Aber diese beiden gehören nun mal unweigerlich der falschen Generation an, einer Generation, die erst mühsam lernen mußte, wie schön es ist, gut gekleidet zu sein, und die sich erst jahrzehntelang abstrampelte in unschönen Protestklamotten. Der Aufstieg des Versandkaufhauses Manufactum ist übrigens eng verbunden mit der allmählichen Befreiung dieser Gruppe der Schwererziehbaren von ihren ideologischen Fesseln. »Es gibt sie noch, die guten Dinge«, das ist ein Spruch, der jedem Alt-68er aus dem Herzen spricht, der plötzlich Staatssekretär in Bremen oder Schulamtsleiter in Unna geworden ist und merkt, daß der fair gehandelte Kaffee aus dem Dritte-Welt-Laden besonders gut schmeckt, wenn man ihn in einer 879 Mark teuren Eschenholzmühle gemahlen hat. Die Prosa, die Versandhauschef Thomas Hoof nach dem Motto »Wir als Plastikhalmverächter« um seine ursprünglichen, naturbelassenen, zu Unrecht vergessenen Wertarbeitsprodukte rankt, ist für die 68er wie Ulla Hahn in ihren Ohren. Und genau wiederum das ist für uns ein Grund, Manufactum genauso wie den schäbigen Merkheftchen des Plattenversenders Zweitausendeins ein wenig aus dem Weg zu gehen. Wir kaufen gerne gute Sachen, aber wir mögen es nicht, wenn uns vorher gesagt wird, daß wir mit dem Kauf dieser Sachen die Erde retten und den allgemeinen

Verfall der Sitten. Es ist übrigens auch kein Wunder, daß Manufactum ein Versandhandel ist, denn noch immer schämt sich der Schulamtsleiter aus Unna seines neuen Reichtums, und da ist es ihm lieber, wenn er die Sachen wie Pornoartikel in diskretem Umschlag ins Haus geliefert bekommt. Und der große Vorteil des Korkenziehers für 298 Mark ist ja dann, daß nur Eingeweihte wissen, wie teuer er war, alle anderen aber denken, er hätte nur 2,98 Mark gekostet. Auch das ist etwas, was uns verstört. Wenn wir 298 Mark ausgeben, dann wollen wir nicht, daß es aussieht, als hätte es nur 2,98 Mark gekostet. Aber das werden die 68er und 78er wohl nie verstehen.

Sie werden auch nie verstehen, daß es für uns eine stille Freude ist, endlich mit Montblanc-Füllern zu schreiben und anderem edlen Schreibgerät. Und doch war bislang beim Schreibgerät Toleranz angesagt und Ausdrucksvielfalt. Ja, es war vielleicht das letzte Areal des Freigeistes, der letzte Spielplatz des Individualismus: daß man schreiben konnte, wie einem die Feder gewachsen war. Daß man mit dem Bleistift schrieb oder dem insuffizienten Füller, mit dem Kuli, der noch für die letzte Bundestagswahl warb, oder mit der elektrischen Schreibmaschine. Selbst in der Schule war es ja möglich, entweder mit blauem oder rotem Pelikan zu schreiben, wobei die blauen immer mehr angeknabbert waren. Immer gab es daneben auch solche, die lieber gleich zur Drüberschreibseite des Tintenkillers griffen, andere auch, die alles mit Bleistift vorschrieben, dann aber keine Zeit mehr hatten, es mit Tinte nachzuziehen. Zwischen deutschen Fingern tobte das bunte Leben. Die Unterwanderung begann Mitte der neunziger Jahre, und die Generation Golf ist daran mitschuldig. Nun ist die Revolution vollzogen, denn sie hat die Dichterstuben erreicht. Michael Krüger bekannte in einem Interview, er schreibe am liebsten »mit diesen gelben Dingern«. Da war es nun heraus. Diese gelben Dinger. Man hatte ja seit einiger Zeit den Eindruck, als könnte in Deutschland kein Gedanke mehr geäußert werden, ohne daß diese gelben Schäfte mit ihren weißen Zebrastreifen und ihrer überlangen schwarzen Schmalkappe mit im Spiel waren. Keine Pressekonferenz, auf der nicht mindestens zwanzig Journalisten mit lässiger Geste ihre gelben Dinger zückten, keine Juravorlesung ohne die gelbe Stiftarmada. Und selbst jener graumelierte Schauspieler, der in der guten Serie *Gute Zeiten, schlechte Zeiten* immer den schlechten Journalisten spielt und dafür ständig »Citylights« ins Telefon schreit, als wolle er die Republik ausrufen, selbst er hat so etwas ständig in der Hand. Klar, daß dann auch der Hersteller in die Offensive ging und in ganzseitigen Anzeigen fragte, »ob es überhaupt noch Studenten ohne einen point 88 von Stabilo gibt«. Ja, Herrgott, eben leider nicht! Es ist alles zu spät, es gibt in ganz Deutschland wahrscheinlich keinen einzigen Angehörigen der Generation Golf, egal ob Journalist, Student oder Werbegrafiker, der ohne einen point 88 von Stabilo durchs Leben gehen muß. Dieser Stift mit der Sinnlichkeit eines Schnürsenkels ist eine der größten Bedrohungen für den deutschen Wortschatz am Ende des Jahrhunderts. Wenn man ihn in der Hand hält, in seiner manierierten Dürre und seinen stillosen Farben, und dann auf die jämmerlich schmale Spur blickt, die er auf dem Papier hinterläßt, dann beschleicht einen Bestürzung. Und man will nur noch »Betr.« schreiben und »usw.« und will auf der Stelle Beamter werden oder Technischer Zeichner. Kein Wunder, daß in Deutschland, Stabilo-Land, keiner mehr Lust hat, einen Liebesbrief zu schreiben.

Unser Stilbewußtsein macht sich also vor allem in jenen Sphären bemerkbar, in denen es eigentlich überflüssig ist. Aber gerade dort, wo Stil purer Luxus ist, wird er für uns besonders interessant. Als ich klein war, gab es Wasser in genau zwei Darreichungsformen: als Trinkwasser, also etwas, was man auch tatsächlich trank (allerdings nicht in Frankfurt oder Berlin, weil einen die Mütter davor warnten, es fernab der Heimat zu trinken). Oder als Mineralwasser – das gab es eigentlich nur kastenweise, und es brachte einmal die Woche ein Mann mit einem kleinen Laster in großen, schweren Kästen vorbei. Es gab unzählige Sprudelfirmen, die neben einem immer namenlosen gelben, orangeartigen Sprudel auch sehr bizzeliges Mineralwasser hatten. Leider liegt das Wort Sprudel inzwischen mit den Worten »ätzend«, »Turnbeutel« und »Dauerlauf« auf der Wortmüllhalde der achtziger Jahre. Der Sprudel war damals aber immer in denselben schweren Glasflaschen, auf denen mit vielen kleinen Glaspunkten und Erhebungen wahrscheinlich geheime Botschaften an Stevie Wonder standen. Egal, ob ich Tanten in Gießen besuchte oder in Uelzen: überall gab es andere Marken in denselben gepunkteten Glasflaschen, aber es schmeckte immer in etwa gleich. Und zwar gleich schlecht. Und es war deshalb ein wichtiger Grund, der im Grunde nicht nachvollziehbaren Liebe zu Coca- Cola anheimzufallen – es gab halt keine anderen Sehnsuchtsobjekte. Mitte der achtziger Jahre war plötzlich Hoffnung in Sicht: Zunächst keimte die Hoffnung donnerstags, wenn unsere Gemeinschaftskundelehrer die *Zeit* lasen und der Titel von zwei kleinen Werbeflächen für Perrier eingefaßt war. Es erschien mir damals ungeheuerlich, daß man für Wasser werben konnte. Dann überstürzten sich die Ereignisse. Erst ging irgend etwas bei Perrier schief, und es gab riesige Werbekampagnen, die aber auch nichts mehr retten konnten. Aber offenbar hatten die Konkurrenten der grünen, bauchigen Flaschen nur auf diesen Moment gewartet: Mit dem Gesundheitswahn der neunziger Jahre begann der Aufstieg des Wassers vom lästigen Grundnahrungsmittel zum beliebten Grundbaustein unseres stilistischen Gesamtkunstwerks. Zunächst verschafften wir uns gewisse Grundkenntnisse über die Unterschiede von Vittel, Evian und Volvic. Dann lernten wir, beim Italiener nicht einfach Wasser zum Wein zu bestellen, sondern ganz dezidiert San Pellegrino. Und so kommt es, daß unsere Generation zwar weiterhin keine Meinung zu Gerhard Schröder hat, wohl aber zum Wasser. Vittel, so kann man von kritischen Zungen hören, schmecke nach Plastik, Bon Aqua nach Blech und eigentlich nur San Pellegrino nach Wasser. Gut, daß wir verglichen haben.

Der Snobismus unserer Generation wurde aber relativ lange unter den Teppich gekehrt, wahrscheinlich auch, weil es an Identifikationsfiguren fehlte. Ende der achtziger Jahre erschien in Amerika der Roman *American Psycho* von Bret Easton Ellis, der uns weniger wegen der blutrünstigen Gewaltphantasien interessierte als wegen der Dokumentation des Markenfetischismus unserer Generation. Jede Socke einer handelnden Person wurde einer bestimmten Firma zugewiesen und seltsames Verhalten sofort auf die unpassende Krawatte zurückgeführt. Damals war es aber noch nicht so weit wie 1999, als Harald Schmidt im Wiener Burgtheater Auszüge aus Bret Easton Ellis vorlas – hätte er es damals gemacht, hätte man das noch in hundert Jahren als Gründungsveranstaltung unserer Generation feiern können. Weil es aber eben noch zehn Jahre dauern sollte, kam glücklicherweise vorher Christian Kracht.

Im Jahre 1995 erschien sein Roman *Faserland*. Zum einen war das ein wunderbares Buch, in dem Kracht Bret Easton Ellis' Markenkompendium kongenial auf die deutsche Produktwelt übertrug. Zum anderen aber las man hier erstmals von einem Sohn aus sehr gutem Haus und von seinen dekadenten Reisen zwischen Sylt und dem Bodensee, man erfuhr, daß ihm das Kindermädchen früher die Krüstchen vom Brot abgeschnitten hatte und daß er Taxi fuhr, sooft es ihm Spaß machte. Daß man in Bars ging, um einen Drink zu nehmen. Eines der zentralen Motive des Buches war zudem eine Barbour-Jacke, und die Ernsthaftigkeit, mit der Kracht Markenprodukte einführte und als Fundamente des Lebens Anfang der neunziger Jahre vor Augen führte, wirkte befreiend. Nicht nur ich, so durfte man endlich sagen, finde die Entscheidung zwischen einer grünen und einer blauen Barbour-Jacke schwieriger als die zwischen CDU und SPD. Es wirkte befreiend, daß man endlich den gesamten Bestand an Werten und Worten der 68er-Generation, den man immer als albern empfand, auch öffentlich albern nennen konnte. Daß ich das Buch von Kracht dadurch kennenlernte, daß ich meine Barbour-Jacke mit der einer blonden Heidelberger Kunstgeschichtsstudentin vertauscht hatte, nahm ich von Anfang an als gutes Zeichen. Als ich sie besuchte, um wieder an meine eigene Jacke zu kommen, lag auf ihrem Nachttisch *Faserland*, und sie sagte lapidar: »Das muß man lesen, wenn man Barbour-Jacken vertauscht.« Sie hatte wahnsinnig recht.

Seine Fortsetzung fand *Faserland* drei Jahre später in den Romanen *Soloalbum* und *Livealbum* von Benjamin von Stuckrad-Barre. *Der Spiegel*, ganz irritiertes Zentralorgan der 68er, faßte *Soloalbum* mit spitzen Fingern an und schrieb etwas vom »Amoklauf eines Geschmacksterroristen«. Wir jedoch lasen das Buch mit gierigen, Ice-Tea-verklebten Fingern durch, weil es so mustergültig abrechnete mit der Latzhosen-Moral der siebziger Jahre und ihrer verlogenen Sprache.

Kracht und Stuckrad-Barre bekannten sich in einer Anzeigenkampagne für Peek & Cloppenburg auch als konsequente Anzugträger. Mit ihnen wurde erstmals öffentlich, daß nicht nur spätexistentialistische Nil-Raucher inzwischen wieder den dunklen Zweiteiler ohne Krawatte bevorzugen, sondern auch die Junge

Deutsche Novelle. Dankbar war man auch, als Kracht und Stuckrad-Barre als erste Generationsgenossen zugaben, eine Putzfrau zu haben. Da ging ein Ruck durchs junge Deutschland. Ich wollte ja auch immer, hatte mich nur nie getraut, weil ich dachte, das macht man nicht – so dachte es quer durch die Studentenwohnungen in Hamburg, Bonn und Heidelberg. Und dann ging es los. Ende der neunziger Jahre war es inzwischen sogar schon so weit, daß sich Studenten-WGs einmal die Woche eine Putzfrau leisteten, um in der gesparten Zeit Inline-Skating machen zu können. Nie war die Frage, andere für sich die Drecksarbeit machen zu lassen, sowenig eine Frage der Moral wie für uns. Ich gab die Nummer mit einer guten Putzfrau so weiter wie mein älterer Bruder die Telefonnummer eines Freundes, der kostengünstig Autos repariert. Es ist ein köstliches Gefühl, abends nach getaner Arbeit die Wohnung, die man morgens chaotisch verlassen hat, in einem picobello Zustand wieder anzutreffen. Putzfrauen sind unsere Punica-Oasen in der Servicewüste Deutschland. Wären unsere Wohnungen ohne Putzfrauen besonders dreckig, so sind sie dank ihrer nun doppelt sauber. Denn es ist selbstverständlich, daß man am Morgen, bevor die Putzfrau kommt, erst einmal hektisch die Wohnung aufräumt – gerade so, als hätte man Angst, die Putzfrau würde einem bei dem ertappen, für das man sie ja eigentlich bestellt hat.

Nachdem sich alle bekannten, eine Putzfrau zu haben, dauerte es auch nicht mehr lange, bis einem Freunde auf die Frage nach ihrer überraschenden Bräune nicht mehr die Antwort gaben: »Der Spaziergang am Wochenende.« Zuerst hieß es, mit leichtem Understatement, »Habe ein bißchen nachgeholfen«. Dann wurde es bald völlig salonfähig, sich für den Discobesuch am Samstagabend zuvor im Sonnenstudio etwas aufzupeppen. Die fünfzehn Mark, die man dafür in den Schlund des Automaten wirft, hält man für gut angelegt: Selten hat man so konzentriert das Gefühl, sich etwas Gutes zu tun, wie in den zwanzig Minuten zwischen den beiden warmen leuchtenden Hälften der riesigen Ergoline-Bräuner. Man fühlt sich behütet, abgeschottet vom Übel der Welt. Man kauft sich ein wenig Schönheit. Fühlt sich gut dabei und liest jedesmal begierig die Informationstafel im Innern der Kabine, wo einem ungefähr ein Dutzend Gründe genannt werden, warum es besonders gesund ist, regelmäßig ins Sonnenstudio zu gehen. Seit uns hinten auf dem Nutella-Glas immer gesagt wurde, wie gesund Nutella ist, glauben wir solchen Bekanntmachungen. Und man fühlt sich nach einem Besuch im Sonnenstudio sogar besser als nach einem Brötchen mit Nutella. Man fühlt sich natürlich auch deshalb gut, weil man von zu Hause gelernt hat, daß nichts dabei ist, wenn jemand hinter einem herputzt. Deswegen erhebt man sich von der durchsichtigen Plastikfläche und hinterläßt einen kleinen Schweißsee in der Mulde, den dann die Sonnenstudiothekenfrau wegwischen muß mit dem Desinfektionsspray und Zewa-Wisch-und-Weg. Die Frauen, die einen in Sonnenstudios bedienen, sind übrigens die Vulgärversionen der Generation Golf. Sie sind ein bißchen zu blond, ein bißchen zu braun und ein bißchen zu gut gelaunt. Auch putzen sie ein bißchen zu gerne. Außerdem lesen sie zuviel

Fit for fun und *Cosmopolitan*, weil das die beiden Zeitschriften sind, die immer auf den sterilen Tischen in Sonnenstudios ausliegen, die aber nie jemand liest, weil niemand zu lange sitzend im Sonnenstudio wartet, bis eine Kabine frei wird. Da wäre die Gefahr dann doch zu groß, daß gerade ein Arbeitskollege draußen vorbeigeht. Wenn man sieht, daß die Kabine mit der gewünschten Bräunungsstärke noch länger als drei Minuten belegt ist, geht man lieber eine Runde um den Block, als sich, dumm am sterilen Tisch herumsitzend, den Blicken der Umwelt auszuliefern. Deswegen redet auch niemand mit den Vulgärversionen der Generation Golf. Alle kommen rein, wollen schnellstens ihr Handtuch und nie eine Brille und gehen dann schnell wieder raus. Am nächsten Tag zu gestehen, daß man im Sonnenstudio war, ist okay. Aber dabei gesehen zu werden, doch irgendwie nicht, das ist, wie wenn man im Supermarkt dabei ertappt wird, wenn man eine Riesenpackung Klopapier kauft. Ich glaube, es wird bald so sein, daß wir nicht nur Putzfrauen haben, die unsere Hemden bügeln, sondern wir werden sie auch bald bitten, für uns einzukaufen. Das ist für uns keine Frage übertriebener Bequemlichkeit. Wir nennen das eher Outsourcing.

Weil die Frau meines älteren Bruders grundsätzlich etwas gegen den Gedanken hat, Personal zu haben, putzt sie bis heute abends nach ihrem Tag als Ärztin in der Klinik. Da hilft auch kein gutes Zureden mehr. Dabei hätte sie so schöne Ausreden beziehungsweise Erklärungen. Unternehmensberater oder Juristen, die abends gerne mal um halb zehn aus ihrem Büro kommen, und das eben fünf-, sechsmal die Woche, können einem in der Tat den Eindruck vermitteln, daß sie nicht mehr die Zeit haben, dann noch daheim den Boden zu wischen. Auch haben sie natürlich genug Geld, um es sich zu leisten, daß andere für sie wienern. Am angenehmsten sind die Menschen, die eine Putzfrau haben, aber nicht darüber reden. Denn wenn manche darüber reden, dann hört es sich so an wie bei Leo, einer Figur aus Karen Duves *Regenroman*, der für einen Kfz-Mechaniker die schönen Worte fand: »Ich muß solche Dinge nicht können. Ich nicht. Ich werde meinen Kopf nicht mit Proletenwissen vollstopfen, nur weil du das sagst. Ich glaube nämlich an die arbeitsteilige Gesellschaft; und für Autoreparaturen gibt es Leute wie dich, Tausende von Leuten wie dich – alle mit einem Ohrring und Stoppelhaarschnitt mit Nackenspoiler. Und es gibt Leute wie mich, die Leute wie dich bezahlen, damit sie ihnen die Autos reparieren und dabei die Schnauze halten.« Das ist natürlich etwas kraftmeierisch ausgedrückt, aber so in etwa ist die Haltung unserer Generation, beziehungsweise natürlich des Starnberger-See-Düsseldorf-Bonn-Berliner-Teils von ihr, aber von ebendem ist ja ohnehin die ganze Zeit die Rede. Bekommt jener Teil unserer Generation dann seine ersten Kinder, dann wird der Personalbestand inzwischen gerne noch um ein Kindermädchen aufgestockt. Da die Familien zu diesem Zeitpunkt oft bereits in jenen Berliner oder Münchner oder Hamburger 7-Zimmer-Altbauwohnungen wohnen, die schon beim Erstbezug vor 120 Jahren auf Personal angelegt waren, kommt es inzwischen zu einer seltsamen Form der Rehabilitation fast vergessener Wohnformen.

Matthias Horx spricht bereits von einer neoaristokratischen Lebensform. Sie basiert neben der Delegierung der Hausarbeit und Kinderbetreuung an meist polnische oder jugoslawische Hilfen auch auf einer Teilung der Sphären von Mann und Frau, wie man sie aus den Romanen von Fontane kennt – und von der Wohnung von Veronica Ferres und Helmut Dietl. Denn nach ein paar, am Ende doch sehr anstrengenden Jahrzehnten Geschlechterkampf fragen sich Paare immer öfter, ob es nicht besser sei, die Spannung in der Beziehung dadurch zu erhalten, daß man manchmal auch in einem eigenen Bett schlafen kann. Auch wieder eine Angelegenheit, bei der uns unsere Großeltern wahrscheinlich gut, unsere Gemeinschaftskundelehrer hingegen gar nicht verstehen werden. Ist aber auch egal. Denn jetzt wollen wir alle erst einmal heiraten, das neue Jahrtausend ist ein guter Zeitpunkt. Und egal, ob die Frauen im Bauchnabel gepierct sind und der Gatte der vierundzwanzigste Sexualpartner ist – die Braut trägt Weiß und Schleier. Und vielleicht gibt es später auch viele kleine Kinder. Aber dann bitte mit Kindermädchen.

7. »Früher war alles schlechter. Zumindest, was den Verbrauch angeht«

Politik. Sex. Geschichte.

Die Vorgängergeneration hat, wenn ich mich recht erinnere, den lieben langen Tag lang demonstriert. Wahrscheinlich fanden wir es deshalb von Anfang an doof. Ich weiß noch, wie albern ich mir vorkam, als ich an einem fürchterlich kalten Februartag durch die Stadt zog, weil die Schülervertretung es irgendwo nicht gut fand, daß die CDU-Landesregierung einen CDU-Mann zu unserem Schulleiter gemacht hatte, obwohl es eigentlich Herr Ließmann werden sollte. Ich fand es einfach keine besonders tolle Kommunikationsform, wenn man mit vielen hundert Leuten auf die Straße geht und mit Kehrreimen beschriebene Leinentücher mit sich herumträgt, nur damit der Fotograf der Heimatzeitung kommt. Wahrscheinlich hat wieder einmal Harald Schmidt recht, der bemerkte, daß unsere Generation allein deshalb mit dem Demonstrieren aufgehört habe, weil sie es zu kalt dafür findet. Oder, wie es Stefan Raab sagte, weil es blöde ist, nur gegen etwas zu sein. Wir verstanden, wenn nicht intellektuell, so doch instinktiv, was Niklas Luhmann meinte, als er sagte, Dagegensein ist eine Form des Dabeiseins. Uns war noch nicht einmal mehr ganz klar, ob man überhaupt noch für oder gegen etwas Bestimmtes sein konnte. Franziska schleppte mich mit zur Kölner Demonstration gegen den Golfkrieg, sie gehörte noch gerade dem Zeitalter an, wo man wußte, daß das Böse tendenziell eher in Amerika sitzt. Wir standen also am Kölner Neumarkt, um uns herum ganz viele Liegefahrradfahrer, Zigarettenselbstdreher und Feministinnen, und ich fühlte mich nicht sonderlich wohl. Das einzige, was mich nostalgisch stimmte, waren die Palästinensertücher, die ich schon seit Jahren nicht mehr gesehen hatte. Zwar gab es auch einige, die wie ich kaum zwanzig waren, aber die trugen dann die hellblauen Friedensbuttons wie Souvenirs, es wirkte wie früher, wenn man stolz war, den Pulli des älteren Bruders anziehen zu dürfen. Und so hatten sich ein paar eben für diesen Tag auch eine Gesinnung ausgeliehen. Ich selbst wollte eigentlich lieber mit Franziska am Rhein entlangspazieren, aber ihr war nicht danach zumute. Und man sah richtig, wie es sie bekümmerte, daß ich es einfach nicht mehr hinbekam, mich in die Angst vor dem dritten Weltkrieg so hineinzusteigern, wie sie es tat. Ich war zwar auch gegen den Krieg, aber deshalb nicht gleich gegen die Amerikaner, und deshalb war mir die Sache nicht ganz so wichtig. Man dürfe das nicht so spielerisch sehen, sagte sie. Man darf das nicht so ernst sehen, dachte ich, getraute es mich aber nicht zu sagen, weil ich damals noch Angst hatte, das sei zumindest rechtskonservativ oder eben naiv. 1983 demonstrierten noch viele hunderttausend Angehörige der älteren Generationen im Bonner Hofgarten gegen den Nato-Doppelbeschluß. Mit uns war diesbezüglich kein Staat zu machen. Schon beim Golfkrieg hielten wir uns raus, und auch die Lichterketten waren eher eine Angelegenheit unserer Eltern. Mit den Kriegen in Bosnien und im Kosovo wurde uns dann endgültig klar, daß die Welt zu kompliziert war, als daß man noch für oder gegen irgendwas sein konnte. Auch das rote Aids-Schleifchen heftete man sich vor allem deshalb ans Revers, weil es so gut auf der dunkelgrünen Barbour-Jacke aussah.

Die Love Parade ist die einzige Demonstration, zu der unsere narzißtische Generation noch in der Lage ist. Sie ist Hingabe an sich selbst, im Medium der Musik zwar, aber zum Zwecke der Zelebrierung des eigenen Spaßes und der eigenen Körperlichkeit. Selbstbefriedigung in der Gruppenstunde. Der andere ist unwichtig geworden, zur Kulisse, zur Masse, in der jeder ebenso in sich verloren ist wie man selbst. Jedem ist, mit Handy, Walkman und 1-Zimmer-Appartement ausgestattet, das Leben zur Selbstbefriedigung geworden. Wenn alle alle lieben, liebt keiner keinen. »C. findet es einen guten Zeitpunkt, den Mädchenmund von Girl 2 zu küssen. Macht er mal eben, einfach so, und sie küßt zurück, als wäre nichts. Ist ja auch nichts«, so Rebecca Casatis schönes Mitbringsel aus einer typischen Techno-Nacht. Ist ja auch nichts: Was damit genau gemeint war, zeigte uns in den neunziger Jahren die Sendung *Herzblatt* am Freitagabend um zehn nach sieben. Wenn am Ende zwei Pärchen, die sich durch frivoles Sprücheklopfen angenähert hatten, in den *Herzblatt*-Hubschrauber stiegen, um ein Wochenende in einem oberbayrischen Gebirgsort zu verbringen, war klar, daß es theoretisch auch zwei ganz andere hätten sein können. Er kann. Sie kann. Nissan. Das Faszinierende der Sendung war, daß die Kandidaten über die Jahre hinweg immer gleich blieben, egal ob Rudi Carrell moderierte, Rainhard Fendrich oder Hera Lind. Es gab immer einen Kandidaten mit Glitzerhemd und kahlrasiertem Kopf, einen mit langem Haar und gutem Selbstbewußtsein und einen Bayern mit Trachtenjacke. Bei den Damen ist eine immer Inspektorenanwärterin für den gehobenen Dienst, eine ist gebräunt, gepierct und cool, und die dritte darf nur so viel anziehen, daß die Leute im Studio noch was zu johlen haben. Wer mit wem, wird schon nach Sekunden zu einer überflüssigen Frage, weil theoretisch jeder mit jeder könnte und wollte und die Moderatoren ebenfalls so tun, als sei das Leben des modernen Menschen eine einzige Love Parade, so unausweichlich wie folgenlos.

Das alljährliche Motto der wirklichen Love Parade, irgendwo in der Grauzone von *We are one family* und *Friede Freude Eierkuchen* ist ebenfalls von einer solchen Allgemeinverbindlichkeit, daß sich darunter problemlos eine ganze Million Generationsangehöriger zusammenfassen läßt. Die einen verstehen es ganz naiv und lüpfen voller Freude über die Musik, die Sonne, die Menschen und Berlin ihre Shirts, andere verstehen alles eher ironisch, fühlen sich über die Masse erhaben und tanzen doch begeistert mit.

Und wer nicht in Berlin sein kann, sitzt zu Hause und schaut die Love Parade im Fernsehen: Stundenlange Liveübertragungen eines Klassentreffens der Generation Golf. Alle haben sich lieb, sind zehn Stunden gemeinsam exzessiv und sind am Montag wieder brave Staatsbürger. Müde zwar, aber pünktlich.

Die Love Parade verrät viel über das Verhältnis unserer Generation zum Sex. Die Aufmachung der Tänzer, die knappen Kleider, die nackte, braune Haut wirken wie eine große Verheißung auf körperliche Liebe. Diese Verheißung jedoch wird nicht eingelöst. Die einzige Form der Sexualität, die praktiziert wird, ist die Vereinigung mit der Musik. In Woodstock, dem Initiationsritus der 68er-Generation, war es noch genau umgekehrt: Die Haare waren lang, die Gesichter kaum sichtbar, die Körper mit schlotternden Kleidern verdeckt. Sex war die Naturdroge. Gerade die Verschleierung der Körperlichkeit führte, wie man munkelt, zu einer befreiten Liebe und frei und wild praktiziertem Sex. Ich stellte mir Sex mit einer 68erin immer so vor wie die erste Kinoszene mit freier Liebe, die ich gesehen habe: der langmähnigen Schwarzhaarigen, die in Sackleinen gehüllt im Vorratskeller den unschuldigen Jungen in *Der Name der Rose* verführt.

Auf unsere Zeit übertragen, bedeutet das: Wer Norwegerpullis und Labberjeans trägt, hat immerhin noch etwas, das er ausziehen kann. Eine Möglichkeit, der sich die Techno-Tänzer mit ihrer Aufmachung fast schon beraubt haben. Die völlige Sexualisierung unserer Umwelt in Fernsehen und Werbung hat zu einer Entsexualisierung unseres Verhaltens geführt. Selbst unsere Idole kennen wir nackt: von Madonna bis hin zu Ricky von TicTacToe und Kerstin Landmann aus *Verbotene Liebe* oder Dani und T-Seven von der Band Mr. President. Pamela Anderson hat gar gleich die sexuellen Ausschweifungen der Hochzeitsreise mit

Tommy Lee mitgefilmt und anschließend als Video unters Volk gebracht. Und selbst die Busen unserer schönsten Generationsgenossinnen Katharina Witt und Tatjana Patitz durften wir längst im *Playboy* bewundern. Die Erklärung ist immer dieselbe: Nacktaufnahmen ja, aber natürlich nur, wenn sie ästhetisch sind. Kürzer kann man die Ablösung der Moral durch die Ästhetik wahrscheinlich nicht zusammenfassen. Als der *Spiegel* 1999 Jugendliche fragte, wie wichtig für sie Sex sei, sagten 75 Prozent »nicht sehr wichtig«. Die erste wirkliche Scheidungskindergeneration sehnt sich eher danach, einen Partner fürs Leben zu finden. Beziehungskiste und Lebensabschnittspartner sind Worte der älteren Generation, die in Wohnungen gehörten, in denen es noch Hochbetten gab. Und in die Zeit, als 25jährige noch mit Isomatten und Schlafsäcken zum Zelten fuhren. Wir praktizieren eher Blümchensex im frisch bezogenen Doppelbett, egal ob auf Kreta oder in Krefeld. Mit dem Sexualleben verbürgerlichte sich auch die Wahl des Urlaubsortes: Statt mit der Ente nach Südfrankreich oder mit dem Interrail-Ticket durch Europa fahren wir bereits auf der Klassenfahrt nach Florenz und anschließend mit unserer Freundin zum zweiwöchigen Strandurlaub in die Türkei, 4-Sterne-Hotel, Vollpension, 1498 Mark. Länder wie die Dominikanische Republik, die wir früher mühselig in Geographie im Diercke-Weltatlas suchten, wenn wir die Inseln der Karibik zählen mußten, sind für die Jüngeren inzwischen so vertraut wie Mutlangen und Gorleben für die 68er. Aber eigentlich haben wir schon mit 23 Jahren das Leben, das unsere Eltern mit 45 führen. Das merkwürdige ist wahrscheinlich, daß wir darüber nicht unglücklich sind. Und daß wir dennoch ewig infantil bleiben.

»Früher war alles schlechter, zumindest was den Verbrauch angeht«, so heißt es in der Werbung für den neuen Golf. Das gilt für vieles. Erst einmal natürlich tatsächlich für Autos. Doch die Frage »Wieviel verbraucht er?« ist eigentlich fast ausgestorben. Bei einem neuen Wagen wird vielmehr gefragt: »Wie schnell ist er?« Beziehungsweise: »Ist er schön?« Daß aber nicht mehr nach dem Verbrauch gefragt wird, ist auch eine Folge des geschwundenen ökologischen Bewußtseins. Mein älterer Bruder trug tatsächlich noch Kröten über die Straße und fluchte darüber, daß die Menschen mit ihren Straßen den Kröten den Weg zu den Laichplätzen versperren. Ich begann schon damals zu fluchen, daß mich die Kröten auf der Fahrbahn dazu zwingen, das Tempo zu drosseln. Und entsprechend hat uns das Ganze dann irgendwann nicht mehr interessiert: Hätten wir damals unseren Biologielehrern geglaubt, dann dürfte es heute wegen des Waldsterbens in ganz Deutschland keine einzige Eiche mehr geben, und Australien wäre längst verbrannt, weil sich das Ozonloch unbarmherzig vergrößert. Wir hörten immer neue Horrormeldungen und beschlossen deshalb irgendwann, uns dafür nicht mehr zu interessieren. Der Castor-Transport wird schon seine Richtigkeit haben und Atomkraftwerke auch – vor allem auch, weil Jürgen Trittin so vehement dagegen ist. Zu kämpfen, so sagen 56 Prozent der Generation Golf, lohnt sich vor allem gegen die Spaßfeindlichkeit der Gesellschaft.

Früher war alles schlechter. Zumindest, was den Verbrauch angeht – das gilt auch für das Papier. Ich vermute manchmal, daß die 68er nicht nur mit ihrer unglücklichen Liebe zum Kiefernholz fast zu einer Abrodung sämtlicher europäischer Wälder beigetragen haben. Sondern auch mit ihren studentischen Hausarbeiten, Magisterarbeiten, Doktorarbeiten. Nun gut, eine heutige Proseminararbeit ist ungefähr so dick wie eine zahnmedizinische Doktorarbeit von 1970. Aber trotzdem. Denn ich glaube, eines der großen verdrängten Probleme der Älteren ist die zu verändernde Fußnote in einer Hausarbeit. Immer wenn ich gerade beginnen wollte, mich selbst zu bemitleiden, weil ich noch in dieser Nacht an meinem Computer eine Seminararbeit fertigstellen mußte, dachte ich zwanzig Jahre zurück und wurde sofort wieder froh. Die armen Studenten, die nicht einfach eine Fußnote ändern konnten, weil sie Wort für Wort eintippen mußten und kein automatisches Programm hatten, das die Fußnoten weiterzählte. Sie konnten auch nachträglich nie etwas einfügen, und Tipp Ex war natürlich bei ihren Professoren verpönt. Es ist mir schleierhaft, wie man in diesen Zeiten Magisterarbeiten schreiben konnte, aber wahrscheinlich war jede zu Ende und fehlerfrei getippte Seite das ausgemendelte Ergebnis von zehn vertippten und anschließend wütend zerknüllten Seiten. Dieser Papierverbrauch! Wie umweltfreundlich wir doch im Grunde sind …

Auch bei den Kohlehydraten verhalten wir uns im Grunde viel vorbildlicher. Muskeln waren natürlich auch bei der Vorgängergeneration ein erotisches Kriterium, das der Mann erfüllen mußte. Doch das waren noch Muskeln von ganz anderem Schrot und Korn. Sie waren im Idealfall nicht das Ergebnis von Kalorientabellen, sondern von harter körperlicher Arbeit. Schweiß, so sagt mein Bruder Steffen, war der Duft, der Frauen provozierte. Diesem Bild des muskelbepackten Mechanikers in Unterhemd, dessen Körper möglichst auch noch ölverschmiert war, setzten wir den muskulösen Body entgegen, der im Fitneßstudio entstanden ist und nicht bei der Arbeit und der nach Duschgel riecht und nicht nach Schweiß. Bei den Frauen äußert sich das gewandelte Körpergefühl vor allem darin, daß jede jederzeit BH trägt. Vor allem, als Ende der neunziger Jahre die Tops mit Spaghettiträgern zur sommerlichen Einheitsuniform der Frauen zwischen dreizehn und dreiunddreißig wurden, zeigte sich, daß keine von ihnen die Chance ungenutzt ließ, aus dem stilvollen Kontrast zwischen BH-Träger und Oberteil-Träger erotischen Nutzen zu schlagen. Die Lust, sich unbeengt und frei bewegen zu können, die die Damen der siebziger Jahre noch umtrieb, ist selbst bei den Girlies längst der Sehnsucht gewichen, stets gut eingepackt zu sein. Die Zeiten, als man noch sehnsüchtig auf den Sommer wartete, weil man hoffte, daß sich dann unter den T-Shirts der Frauen die sanft hüpfenden Körperformen abzeichnen, scheinen unweigerlich vorbei.

Es ist ohnehin alles ganz anders geworden zwischen Männern und Frauen. Gottlob haben wir den Feminismus überwunden. Aber was an seine Stelle getreten ist, ist auch nicht ganz einfach. Starke Frauen mit weichen Herzen. Die notwendigen Selbstbewußtseinsschübe entnehmen sie den einschlägigen Frauenzeitschriften, den neuen deutschen Katja-Riemann-Filmen oder den Büchern von Gaby Hauptmann und Hera Lind. Die Girlies waren die ersten, die sich bewußt zur Weiblichkeit bekannten, allen voran Heike Makatsch, deren wunderbarer Mund immer so aussieht, als hätte sie früher zu oft Nutella vom Messer abgeleckt. Diese Girlies waren alle wie Madonna, die große: weiblich einfühlsam und zugleich egoistisch, sexy und natürlich sehr schlau. Also eigentlich unheimlich. *Weil ich ein Mädchen bin*, sang Lucilectric. Und man darf ergänzen: darf ich mir alles erlauben. Wer in den neunziger Jahren Frauen besuchte, auf deren Nachttisch *Ich wollte Hosen* lag oder *Gute Mädchen kommen in den Himmel, böse überall hin*, der tat gut daran, das Weite zu suchen. Denn es ist fraglich, wie sie reagieren, wenn man auf ihre Frage, warum man an ihrem Bein rumfummelt, antwortet: »Jugend forscht«.

Mittlerweile sind längst die Frauen in der Offensive. Sie schaffen es, nicht nur im Studium oder im Beruf mindestens so gut zu sein wie die Männer, sie haben auch ihr Privatleben im Griff und sind daneben natürlich beste Freundin und immer auch gute Tochter. Die Drei-Wetter-Taft-Frau ist auf dem Vormarsch. Sie fährt nicht mehr nachmittags in die Stadt, um für die Kleinen Kinderschokolade zu kaufen, sondern kommt abends mit dem Audi heim, um den Geschäftsabschluß zu feiern. Die intakte Beziehung ist aber in der Wirklichkeit wie in der Werbung das Ideal auch unserer Generation geblieben, nie gab es so viele junge Menschen, die so lange zusammenblieben, nie so viele, die sich mit Zwanzig kennenlernten und dann Ende Zwanzig tatsächlich heirateten. Vielleicht gerade, weil sich alles ändert zwischen Mann und Frau, ist die Treue wieder zu einem wichtigen Wert geworden. Man weiß, daß es mit einem anderen früher oder später zu denselben Problemen kommt. Da bleibt man lieber bei dem, mit dem man natürlich neben allen Schwierigkeiten auch viel Spaß hat. Und bei dem man weiß, was man hat.

Die Generation Golf ist die erste, für die die Gleichberechtigung halbwegs Wirklichkeit geworden ist, für die sich die Kräfteverhältnisse nachhaltig verschoben haben. Und deshalb stehen wir vor Problemen, für die uns niemand Lösungen anbieten kann. Männer wie Frauen werden nun berufsbedingt in andere Städte versetzt, die Frauen ziehen nicht mehr automatisch mit, wenn der Freund umzieht. Die Frauen wissen, daß sie sich nehmen können, was sie wollen, weil sie von Sharon Stone gelernt haben, daß man nur die Beine richtig übereinanderschlagen muß. Und die Männer wissen noch nicht so recht, wie sie mit ihrer neuen Rolle umgehen sollen. Weil wir natürlich überhaupt noch nicht richtig begriffen haben, daß wir eine neue Rolle haben. Wir verteidigen uns, entschuldigen uns, bemühen uns. Und sollen doch weiterhin die Stereoanlagen reparieren können. Erst dachten wir alle, statt Machogehabe sei nun der Softie gefragt, aber dann merkten wir, daß es das nun auch nicht war, was die Frauen wollten. Nun herrscht erst einmal Ratlosigkeit, und jeder macht weiter wie bisher, spült aber öfter mal ab.

Das ist keine gute Überleitung: Das Verhältnis unserer Generation zur Geschichte allgemein und zum Holocaust ist dermaßen Roman-Herzoghaft unverkrampft, daß Kritiker dahinter Geschichtsvergessenheit vermuten, Ignoranz und Schlimmeres. Doch es ist eben das Problem der Generation der Gemeinschaftskundelehrer, daß sie bereits in der leidenschaftslosen Haltung, die die Generation Golf zur Geschichte einnimmt, Gefahren wittern, weil sie die Aufarbeitung der Vergangenheit noch mit soviel Leidenschaft gegen das Schweigen und den Widerstand ihrer Eltern durchsetzen mußten. Weil bei ihnen die Faschismusdebatte noch die gesamte Gesellschaft polarisierte. In dieser Kritik übersehen die Kritiker jedoch, daß wir das Thema Nationalsozialismus zwischen dem dritten und dreizehnten Schuljahr mindestens achtmal auf dem Lehrplan stehen hatten. Die Filmszenen, mit denen dann später Guido Knopp in seinen zahlreichen ZDF-Serien über Hitlers Helfer die Älteren verstörte, hatten wir bereits in der siebten Klasse in Lehrfilmen eines ominösen IWF-Institutes gesehen. Das waren Lehrfilme, die wir im Keller der Schule sahen und die immer ganz viele Haare und Kratzer am Anfang hatten und knarzten, bevor es losging. Diese Filme über die Schrecken der Konzentrationslager und die verführerische Demagogie Hitlers, den Rußlandfeldzug und die Befreiung 1945 habe ich ungefähr achtzehnmal gesehen, nicht nur in Geschichte, sondern auch in Religion und im Deutschunterricht, als wir Paul Celans Todesfuge durchnahmen. Auch war die Reise zum Konzentrationslager Dachau obligatorisch, wo es angesichts des Grauens selbst den coolsten kaugummikauenden

Dreikäsehochs unserer Klasse die Sprache verschlug. Wir haben also bei Geschichte immer die Schattenseite gleich mitgedacht, haben Weimar immer von besorgten Lehrern in einem Atemzug als Stadt der Dichter und Denker und als Stadt der Richter und Henker kennengelernt. Das Wissen um die Grauen des Nationalsozialismus sind mit solchem Nachdruck in das Hirn eines jedes Mitgliedes der Generation Golf implantiert worden, daß wir bis heute eher die acht Gründe aufzählen können, die zum Ende der Weimarer Republik führten, als die Zehn Gebote. Die Generation Golf verstand sehr gut, was Martin Walser meinte, als er von der »Dauerpräsentation unserer Schande« redete und von der Kultur des Wegschauens. Die Schauspielerin Maria Schrader sprach einmal davon, es sei die »Freiheit der dritten Generation, in bezug auf die Nazi-Zeit den erhobenen Zeigefinger nicht mehr zu akzeptieren«. Zugleich sah dennoch kein Generationsangehöriger weder im ganzen Walser-Bubis-Streit noch im Kosovo-Krieg Anlaß, sich zu äußern. Auch in diesem Fall gehorchen wir unserem Lehrer Harald Schmidt: »Die Finger weg, das ist bei manchen Fragen die einzig richtige, professionelle Haltung.«

Das Geschichtsbild unserer Generation ist trotz aller professionellen Haltung dennoch recht merkwürdig. Man hat den Eindruck, daß die völlige Fixierung unseres Geschichtsunterrichtes auf die Nazi-Zeit zu einer auffälligen Schieflage geführt hat. Alle Meinung und Emotion, die ein Mitglied der Generation Golf für Historie übrig hat, ist auf die Nazi-Zeit gemünzt. Zu Bismarcks Deutschlandpolitik, Napoleon oder dem Prager Frühling haben wir in der Regel weder Kenntnis noch eine Meinung. Die Moral, so haben wir jahrelang gelernt, beginnt immer erst, wenn es zu einer durch deutsche Großmachtträume verschuldeten Katastrophe kam. Und weil wir so oft die Jahre von 1933 bis 1945 in allen ihren Verästelungen durchgenommen haben, wissen wir leider so gut wie nichts über die Zeit danach. Bis zur Kubakrise, dem Vietnamkrieg oder zu Willy Brandt haben wir es nie geschafft. Und schon war das Schuljahr wieder vorbei. Und im nächsten begann man wieder mit dem Ende der Weimarer Republik. So kommt es, daß wir über die Zeit nach 1945 nur wissen, daß irgendwann Helmut Kohl kam. Und daß er unendlich lange blieb. Er speckte ab und nahm wieder zu, gewann Wahl um Wahl, sprach Neujahrsansprache um Neujahrsansprache. Der Vater unserer Generation. »Man kann doch nicht seinen Papa abwählen«, sagte selbst Christoph Schlingensief, der sehr unkonservative und kluge Zivilisationskritiker. Aber irgendwie geschah es dann doch, und so mußten wir notgedrungen erwachsen werden. Von Willy Brandt wußten wir nur, daß er einst in Warschau gekniet hatte, als er angeblich auch einmal Bundeskanzler war, und daß er erst dann wieder auftauchte, als er mit unserem Kohl und Walter Momper mit dem roten Schal auf einem Balkon in Berlin stand. Es war Nacht, und die drei Herren sangen tapfer und unglaublich schief das Deutschlandlied. Wir hatten erstmals ein paar patriotische Gefühle und verachteten die albernen Linksradikalen, die in ihre Trillerpfeifen bliesen.

Uns war klar, daß es sich dabei entweder um SDAJ-Leute handeln mußte oder um Ältere. SDAJ waren schöne, kluge, wilde Männer und Frauen, die ich bewunderte, weil sie in den Schulversammlungen schön und klug und wild redeten, aber die ich verachtete, weil sie so alberne Sachen wie Selbstverwaltung der Klassen und Abschaffung der Noten forderten. Niemand nahm sie mehr ernst, weil wir alle heilfroh waren, daß es Noten gab, weil wir sonst gar nichts mehr für die Schule gemacht hätten. Und uns selbst verwalten? Das hörte sich nach Arbeit an. Relativ schnell begriff ich, daß es sich bei dem SDAJ um eine Jugendgruppe der 68er handelte, die irrtümlich in die falsche Zeit geraten war. Sie zeigten uns also vor allem, daß es richtig war, sich nicht allzusehr mit Idealisten einzulassen.

Denn die Abgrenzung gegen die Vorgängergeneration mit ihrer Moralhoheit war für uns früh eine entscheidende Lebensmaxime. Wir kannten ja relativ wenige von ihnen, die meisten waren, so glaubte ich, Gemeinschaftskundelehrer geworden oder hingen auf den RAF-Fahndungsplakaten in den Postämtern. Dann traf ich unversehens noch drei Exemplare an der Universität. Sie zeigten mir schnell, daß es offensichtlich sinnlos war, sich in irgendeiner Weise im Asta zu engagieren. Der Asta war eine Beschäftigungstherapie für wackere Indologie-Studenten im fünfzigsten Semester. Einer von ihnen, Ralf mit Namen, kandidierte jedes Jahr für die Wahl zum Studentenparlament. Und als er dann das 58. Semester erreicht hatte, beschloß ich, Bonn und die Uni schnellstens zu verlassen. Selbst mein Wahlverhalten, das sich ansonsten als relativ zuverlässig erwiesen hatte, also nie Frauen mit Doppelnamen und Männer mit Fünfziger-Jahre-Vornamen, war nicht mehr anwendbar. Ich wählte bei meiner ersten Wahl Annarosa Maldini, weil ich hoffte, damit etwas zu tun für die italienischen Momente des Lebens. Wenig später sah ich sie und auch ihr Wahlergebnis. Sie hatte nur eine einzige Stimme bekommen, und wenn man sie sah, fand man bereits das übertrieben. Ich beschloß künftig, nicht mehr an den Wahlen zum Studentenparlament teilzunehmen, da man sich hier offenbar noch nicht einmal auf die grundlegendsten Dinge des menschlichen Zusammenlebens verlassen konnte. Die Wahlen zum Studentenparlament liefen ab sofort ohne mich ab. Und auch die Leute, die sich für den RCDS aufstellen ließen, machten das nicht, weil sie irgend etwas hochschulpolitisch erreichen wollten, sondern nur, damit sie bei der Bewerbung für ein Stipendium bei der Adenauer-Stiftung das Feld »Hochschulpolitisches Engagement« nicht freilassen mußten. Wir lernten alle nicht für die Uni, sondern fürs Leben, unser Hauptfach hieß Karriere. Christoph Schlingensief brachte es mit seiner Generation-Golf-Partei auf den Punkt. Sie hieß *Chance 2000 – Wähle Dich selbst.*

Es muß für die älteren Semester grauenvoll gewesen sein mitanzusehen, wie sich eine jüngere Generation der Hörsäle bemächtigte und keinen Sinn mehr darin sah, mit den Professoren über Fragen der Unterdrükkung zu reden. Die auf der Hofgartenwiese lag, sich sonnte, am *Ich und mein Magnum* schleckte und bei

Uni nur an *Ich und mein Magnum cum laude* dachte. Wir lebten in unseren 1-Zimmer-Appartements oder in unseren WGs, besaßen alle einen Terminplaner und einen eigenen Telefonanschluß, fuhren am Wochenende gerne nach Hause zu Mami und Papi, studierten etwas und hatten ansonsten unseren Spaß. Den weißhaarigen Mann, der uns mittwochs die *Frankfurter Rundschau* kostenlos andrehen wollte, würdigten wir keines Blickes, als wäre es schon gefährlich, die Produkte der feindlichen Generation auch nur anzufassen. Was uns von vorneherein abstieß, war die Art der Witze, über die die Latzhosenträger lachten. Es war eine Generation, die noch ins Kabarett ging, es bis heute gut findet, daß Dieter Hildebrandt den Finger in die Wunde legt, auch über Hanns Dieter Hüsch schmunzelt, *Mad* las und immer noch Otto-Waalkes-Zitate an den unpassendsten Stellen anbringt. Wir reden ja auch nicht mehr andauernd über Dick und Doof oder Clever und Smart. Uns war die Dieter-Hildebrandt-Humorschiene von Anfang an zu schwermütig, misanthropisch, zu engagiert ablehnend. Nach unserer ersten Kino-Grundschulung an Louis de Funès und Bud Spencer schwenkten wir bald um zu Loriot, dem Großvater unseres Humors, um sodann mit Helge Schneider, Harald Schmidt, *RTL Samstagnacht* und der *Wochenshow* auf unserer eigenen Spaßebene anzukommen, die die Latzhosenträger Gott sei Dank nicht mehr nachvollziehen können.

Vor allem an Harald Schmidt läßt sich zeigen, wie wir unseren Humor gefunden haben. Als er anfing, im Fernsehen Karriere zu machen, trug er noch die langen

Haare seiner Generation, eine rote Brille und machte gemeinsam Witze mit Herbert Feuerstein, dem ehemaligen Chefredakteur von *Mad*. Doch schon damals zeichnete sich ab, daß Schmidt vor allem dann gut war, wenn er über Feuerstein, diese Inkarnation der siebziger Jahre, Späße machte, also über die Generation, der er eigentlich selbst auch angehörte. Bei den Gleichaltrigen kam Schmidts Humor deshalb naturgemäß gar nicht an, er schwebte ein Weilchen in der Luft, doch dann kam seine Erlösung in Form einer neuen Zielgruppe: der Generation Golf. Erst wir als Publikum haben Schmidt den Resonanzkörper geboten, auf dem er seinen Snobismus zur Schau stellen kann, erst wir können über Polenwitze lachen, ohne gleich an den Polenfeldzug von 1939 denken zu müssen. Indem sich Schmidt von Feuerstein trennte und von seinen langen Haaren, trennte er sich von seiner Generation. Und indem er Boss-Anzüge anzog und sich die Haare schnitt, konnten wir ihn akzeptieren als den großen Erzieher unserer Generation, der uns vormachte, daß man Menschen nicht ernst nehmen kann, die Kröten über die Straßen tragen und hellblaue Buttons mit Friedenstauben tragen, weil diese Menschen das Krötentragen und Buttontragen selbst viel zu ernst nehmen. Und der uns zeigte, wie glücklich wir sein müssen, daß die langweiligen achtziger Jahre vorüber sind, wo alle so träge und abgeschlafft waren, daß junge Frauen beim Gespräch mit älteren Damen nicht merkten, daß sie die ganze Zeit ihre Hand in grünem Palmolive-Spülmittel badeten.

Die Partei, in der sich die Gruppe der Latzhosenträger, BH-losen Frauen, Reinhard Meys, Rainer Langhans', der Zigarettenselbstdreher und Liegefahrradfahrer am reinsten erhalten hatte, sind jahrelang die Grünen gewesen. Daß selbst dort seit 1999 die Jungen aufbegehren, zeigt, wie groß der Distanzierungswunsch unserer Altersgruppe geworden ist. In einem Positionspapier der sogenannten zweiten Generation wurde die Zäsur von einer Generation zur nächsten mit dem Wort Schluß markiert: Also Schluß mit den Geschichten von 68, Schluß mit der Mißtrauenskultur, Schluß mit der Identität von Lebensgefühl und Politik, Schluß mit dem Muff von zwanzig alternativen Jahren. Einfach Schluß. So schreibt einer der Autoren, Mathias Wagner, Mitarbeiter des Fraktionsvorsitzenden Rezzo Schlauch: »Herzlichen Dank und eine Bitte: Hört auf, die Republik mit den Geschichten von damals zu nerven.« Das intellektuelle Dilemma unserer Generation: Es gibt lauter Schlußakkorde, denen aber nichts nachfolgt außer einem rührenden Glauben an das grundsätzlich Bessere des Neuen. »Unsere gemeinsame Generationenerfahrung besteht in der Ablehnung der politischen Praxis der Generation vor uns«, so der junge SPD-Bundestagsabgeordnete Hans-Peter Bartels. Will sagen: Hauptsache, wir werden nicht so wie unsere Lehrer. Beziehungsweise: Wir sind doch nicht so blöd wie die Generation vor uns und vergeuden unsere Zeit damit, unsere Zigaretten selbst zu drehen. Oder, um es schließlich wieder mit der auch in diesem Fall allgemeingültigen Werbung für den Golf zu sagen: »Früher war alles schlechter. Zumindest was den Verbrauch angeht.«

8. »Die Suche nach dem Ziel hat sich somit erledigt«

Glaube, Liebe, Hoffnung.

Wie geht es weiter mit uns, ist eine Frage, die uns nicht allzusehr umtreibt. Solange wir noch im Fitneßstudio vor unserem Spiegelbild bestehen können, solange unsere Hüften noch in die 501 passen, solange wir noch mit Kalorientabellen und Börsenkursen unser Leben planen können, solange leisten wir uns den Luxus, in der Gegenwart zu leben. Natürlich auch, weil wir ahnen, daß wir eine Generation sein werden, für die das Älterwerden zur Katastrophe wird, weil sie sich viel zuviel darauf einbildet, jung zu sein.

Wir werden den Wechsel aus unserem Yuppie-Leben mit Golf und rosigen Aussichten in die Saab- oder Volvo-Kombi-Welt mit Haus, Garten, zwei Kindern und Schirmer-&-Mosel-Bildbänden auf dem Wohnzimmertisch nicht so reibungslos schaffen, wie wir uns das einbilden. Wir werden die Generation sein, die den Therapeuten auch in Deutschland zu so einem wichtigen Berufsstand macht, wie er es in Amerika bereits ist.

Viele sind schon gescheitert auf der Suche nach den Werten unserer Generation. Niemand hat so recht bemerkt, wie nahe wir in der Entideologisierung und Entpolitisierung den Werten der skeptischen Generation der Nachkriegszeit sind. Viele glaubten statt dessen, wer so viele Inhalte der Vorgänger ablehne, müsse Neues haben, was an dessen Stelle trete. Aber so einfach ist das nicht. Die Musik ist ein gutes Beispiel. Nicht nur der Walkman, mit dem wir selbstverständlich aufgewachsen sind, hat zu einer völligen Individualisierung des Musikgeschmacks geführt. Musik hat deshalb bei der Generation Golf auch weitgehend als Leitmedium ausgedient. Zwischen Techno und Tom Waits, Oasis und Xavier Naidoo, zwischen Michael Jackson und Dieter Thomas Kuhn ist unglaublich viel Platz im Gehörgang. Die große Toleranz unserer Generation hat zu einer völligen Auflösung von alten Sicherheiten und Codes geführt, wie sich in jeder Disco am Ende der neunziger Jahre beobachten läßt: Der Beginn bestimmter Titel läßt ebenso zwölfjährige wie dreißigjährige Frauen kurz aufjauchzen, ihr Glas auf den Tisch abstellen und zur Tanzfläche eilen. Durch endlose Revivals, die sich in immer kürzeren Zeitabschnitten jagen, kann inzwischen dasselbe Abba-Lied für die Nachgewachsenen in einer ironischen Brechung etwas ganz anderes bedeuten als für die damaligen Zeitgenossen, die sich noch an die Glitzeranzüge der vier Schweden erinnern können. Ein Teufelskreis, dessen Symptomatik der junge Hamburger Radiomoderator Oliver Pscherer offenlegte, indem er den allgemeinverbindlich gewordenen Pop, der niemandem mehr etwas zuleide tut, so lange hintereinander spielte, bis die Hörer seiner Sendung verrückt spielten. Pscherer hatte im Sommer 1999 vier Stunden lang immer nur *Dancing Queen* von Abba und *No milk today* von Herman's Hermit gespielt. Mit dieser vierstündigen Einlage habe er, so gab er später zu Protokoll, gegen den üblichen Einheitsbrei protestieren wollen. Gut zu wissen: So also protestiert die Generation Golf.

Techno hat dem allgegenwärtigen Hang zur Retrospektive in der Musik eine neue Beschleunigung beschert. Das Neue wird am Ende fast im Wochenrhythmus von Nachrückendem überholt, wenn man noch ein paar Monate wartet, erlebt das einst Neue als Retro bereits wieder ein glänzendes Comeback. »Die besten Hits der siebziger, achtziger und neunziger Jahre. Und das Beste von heute«, so heißt der allgemeingültige Spruch aller deutschen Privatradios. Als Oli P., der sängerisch völlig unbeleckte Schauspieler aus *Gute Zeiten, schlechte Zeiten*, 1999 die Hitparaden mit der Coverversion eines kaum zehn Jahre alten Liedes von Herbert Grönemeyer stürmte, schien die sich immer schneller drehende, immer enger werdende Spirale der deutschen Kulturindustrie kurz vor ihrer kommerziellen Perfektion. Flankierend sorgen Modehäuser wie H&M dafür, daß sich die neusten Trendrevivals aus den siebziger und achtziger Jahren, kaum deuten sie sich in mehreren Musikvideos oder den Vorabendserien zaghaft an, sofort in den Regalen finden lassen. Und Modern Talking, die fleischgewordenen achtziger Jahre, kehrten sogar höchstpersönlich – und nur um den legendären NORA-Anhänger weniger, dafür einige tausend Sonnenbankstunden brauner – Ende der neunziger Jahre auf die Bühne zurück: Die Zeiten verschwimmen, die Stile auch, nichts ist unmöglich in Deutschland, Toyota-Land.

Die Generation vor uns trieb der Gedanke an eine bessere Zukunft um, und sie versuchte, mit viel Energie, die Gesellschaft zu verändern. Es war eine Gesellschaft, in der alle aufhorchten, wenn Günter Wallraff Tabus anprangerte. Heute werden Tabus von RTL 2 *Die Reportage* und anderen Fernsehmagazinen der Privatsender bereits enttarnt, bevor sie überhaupt richtig entstanden sind. Und empören will sich ohnehin niemand mehr außer Klaus Bednarz. Früher war alles etwas übersichtlicher. Man glaubte an das Gute im Menschen und das Böse im Amerikaner. Eine ganze Gesellschaft glaubte an den Marsch durch die Institutionen und an den Wandel durch Annäherung. An lauter Sachen eben, die davon ausgingen, daß sich die Welt verändern lasse. Die Generation Golf hat früh gelernt, daß das zu anstrengend ist. Sie sagt sich: Ich will so bleiben, wie ich bin. Und aus dem Hintergrund singt dazu der Chor: Du darfst. Die prägenden Ereignisse dafür spielten sich auch in diesem Fall in unserer Kindheit ab: im Ikea-Kinderparadies, an dem uns unsere Eltern abgaben, während sie für unsere älteren Geschwister die widerlichen Kiefernholzsachen kauften. Eine Stunde Herumturnen in bunten Bällen. »Die Suche nach dem Ziel hat sich somit erledigt«, heißt es in der Werbung für den neuen Golf. Beim Golf wird das auf das neue Navigationssystem zurückgeführt. Bei uns war das mehr oder weniger die pragmatische Schlußfolgerung aus unserer behüteten Kindheit. Es war alles so einfach: Wenn man nicht mehr mag, geht man zur Frau an der Pforte des Paradieses. Sie geht dann zu ihrem Mikrophon und sagt, daß man abgeholt werden möchte. Und dann bekamen die Eltern irgendwo in dem riesigen Labyrinth zwischen Kötbullar-Restaurant und SB-Möbelhalle Angst und holten uns ab. Ich ärgerte sie dann immer, weil ich nur noch Sätze mit Smörrebröd und Ivar und Sundsvik sagte und behauptete, zwischen all den Bällen und wegen ihrer Vernachlässigung das Deutsche verlernt zu haben. Angesichts der bekanntermaßen gereizten Stimmung, die alle Menschen im Innern eines Ikea-Kaufhauses ergreift, kam das auch beim drittenmal nicht sonderlich gut an. Unabhängig davon prägte das sinnlose Krabbeln inmitten der Bälle aber unser Leben und die Vorstellung vom Paradies: Man spielt darin, solange es Spaß macht, und wenn man nicht mehr mag, sagt man es, und schon wird man abgeholt. Wir hatten verstanden.

Die Suche nach dem Ziel hat sich somit erledigt. Es gibt kaum einen Satz, der die Lebensphilosophie unserer Generation präziser auf den Punkt bringt. Dabei ist eigentlich schon das Wort Philosophie ein Hohn. Mein Bruder, der Philosoph ist, möchte manchmal nicht mehr mit mir reden, wenn es ihm wieder einmal so vorkommt, als hätten wir überhaupt keine Werte mehr. Das letztemal stritten wir uns, als wir uns über die Aktiengewinne meiner Freunde am Neuen Markt unterhielten und ich ihm erzählte, wie unsinnig in diesem Punkt das deutsche Steuerrecht sei. Denn das Gesetz, mit dem die Generation Golf die meisten Probleme hat, ist nicht das zum Schutze der Jugend oder das deutsche Reinheitsgebot. Es ist der Umstand, daß man Spekulationsgewinne an der Börse versteuern muß, wenn man die Aktien nicht mindestens ein Jahr lang in seinem Depot beläßt. Der Vorgängergeneration, die ihre Verwirklichung noch am Markt der Möglichkeiten der deutschen Kirchentage fand, wird nie verstehen können, daß wir, die wir uns eher am Neuen Markt der Frankfurter Börse verwirklichen, mit diesem Gesetz große Probleme haben. Dann sagte mein Bruder, der Philosoph, ein unglaubliches Wort. Er sprach von der Steuermoral. Ich sagte ihm, unsere Generation hätte eine Initiative gegründet, dieses Wort nicht mehr in den neuen Duden aufzunehmen.

Je ausgeprägter der eigene Wille eines Generationsangehörigen wurde, desto suspekter wurde ihm die »Vereinigung, zu der sich eine Mehrheit natürlicher oder juristischer Personen für längere Zeit zu einem gemeinsamen Zweck freiwillig zusammengeschlossen und einer organisierten Willensbildung unterworfen hat« – wie der Verein auf amtsdeutsch heißt. Sport ist im Verein am schönsten – von wegen. Und auch die anderen Vereine darben. Wir vergnügen uns am liebsten allein und unorganisiert. Wenn die gegenwärtige Entwicklung anhält, wird es in manchen Gegenden schon in zehn, fünfzehn Jahren keine Gesangsvereine mehr geben. Die Jugend pflegt lieber Auto und Outfit als das deutsche Liedgut. Individualsportarten wie Golf oder Squash haben den Mannschaftssportarten endgültig den Rang abgelaufen. Für das Überleben in der Ellbogengesellschaft stählen wir uns ohnehin am besten allein im Fitneßstudio. Die Club-Card mit monatlichen Freidrinks ersetzt den Vereinsausweis mit wöchentlichem Pflichtprogramm. Die allgemeine Beitrittsmüdigkeit unserer Generation wird gerne vorschnell mit dem überbordenden Freizeitangebot begründet. Psychologen hingegen vermuten dahinter eher eine geminderte Bindungsfähigkeit. Denn statt im Verein Fußball zu spielen oder Bienen zu züchten, sitzt die Generation Golf eher allein zu Hause vorm Computer, spielt *Siedler* oder versendet E-Mails an den Freund im Nachbarhaus. Wenn das Vereinsleben in Deutschland zu den Kräften zählt, die die Welt zusammenhalten, wie die *FAZ* einmal in einem Leitartikel feststellte, dann steht der Weltuntergang, zumindest in Deutschland, unmittelbar bevor.

Aber es gibt auch Forscher, die noch Hoffnung haben. Heinz Bude etwa hat versucht, für einige junge Intellektuelle der Generation, die ihren Wohnsitz nach Berlin verlegten, den Begriff der Generation Berlin zu prägen. Doch er bezieht sich nur auf eine unrepräsentative Minderheit, die tatsächlich politisch und gesellschaftspolitisch interessiert und engagiert ist. Auf eine kleine Gruppe von Autoren, Journalisten und Geisteswissenschaftlern, die die Umbruchsituation der Jahrhundertwende auch als Beginn einer neuen Debatte über die Zukunft der Arbeit, der Familie und der Politik begreifen. Das Gros der Generation Golf jedoch kümmert sich allein um die Zukunft der eigenen Arbeitsstelle und die eigene Familienplanung. Wir glauben, daß Gesellschaft funktioniert, ohne daß man etwas dafür tun muß, so als hätte man einen ewigen Dauerauftrag aufgegeben.

Man hat die Altersgruppe, die sich inzwischen als Generation Golf etabliert hat, oft die Erbengeneration genannt. Doch da hat man offenbar die Rechnung ohne den Wirt gemacht, also in diesem Fall jene, die etwas zu vererben haben. Das Erben, das man unserer Generation prophezeit, wird schätzungsweise noch zehn bis zwanzig Jahre dauern, und irgendwann beschlossen wir, daß wir nicht nach dem benannt werden wollten, was in zwanzig Jahren passiert. Denn dann fahren wir ohnehin alle schwarze Volvo-Kombis oder Saabs oder die großen Modelle von BMW und Mercedes, und wir heißen ja auch schließlich nicht Generation schwarzer Volvo-Kombi. Will sagen: Zwar wissen einige von uns, daß es ihnen bald finanziell gut gehen wird, aber das hat uns nicht davon abgehalten, bis es soweit ist, selbst dafür zu sorgen, daß es uns gut geht. Im Glücklichsein sind wir ganz gut. Der Boom des Neuen Marktes und des Aktiengeschäftes in Deutschland am Ende der neunziger Jahre ist eine direkte Folge der ersten Arbeitsverhältnisse der Generation Golf. Am liebsten kauft man EM.TV oder Intershop, also Aktien, bei denen man weiß, daß die Chefs selbst vollwertige Mitglieder der eigenen Generation sind – und somit profitträchtig. Bei den Dreißigjährigen haben die Diskussionen, bei welcher Internetaktie sich der Einstieg lohne und ob der Anstieg des Dow Jones nur eine große Blase sei, inzwischen den Stellenwert, mit dem wir früher über Spiele der deutschen Fußballnationalmannschaft oder, noch früher, über die Saalwetten bei *Wetten, daß ...?* geredet haben. Mein Bruder, der Philosoph, fragt mich dann nach den inneren Werten, und ich sage, ja, die Aktie hat noch verborgenes Potential. Und das Ende der DDR kommentieren wir mit der Werbekampagne der *Wirtschaftswoche*: Jede Fusion hat ihre Verlierer. Wir sind schon schrecklich.

Zwar ist auch die Toleranz ein Wert, den wir hochschätzen. Schließlich haben wir seit unserer frühesten Jugend auf den Plakaten für United Colors of Benetton gelernt, daß Schwarze und Chinesen auch nette Menschen sind. Das Problem ist nur, daß wir seitdem auch glauben, daß Schwarze und Chinesen nur dann nett sind, wenn sie Benetton-Klamotten tragen. Ansonsten sind sie uns leider egal. Die Toleranz unserer Generation grenzt deshalb oft an Ignoranz. Man akzeptiert etwas nicht, weil man noch Sprüche von Rosa Luxemburg kennt, wonach Freiheit immer auch die Freiheit des Andersdenkenden ist. Man hat vielmehr so viel mit sich selbst zu tun, daß man keine Energie darauf verschwenden möchte, sich über den Lebenswandel anderer Leute zu empören. Und bevor die Empörung kommen könnte, haben wir immer noch die weiten Arme der Ironie. Wenn man alles in Gänsefüßchen denkt, ist alles akzeptabel. So wird dann Verona Feldbusch zum Kult, gerade weil sie nicht moderieren kann, und wird dann Guildo Horn Sieger des deutschen Grand Prix d'Eurovision, gerade weil er so albern aussieht. Zu lange haben wir erlebt, daß die Älteren irgendwelche Personen oder Meinungen aus bestimmten Gründen ablehnten. Deshalb bilden wir uns nun sehr viel ein auf unsere Geisteshaltung, Personen oder Meinungen ohne irgendwelche Gründe gut zu finden. Ernst nimmt man sie deshalb noch lange nicht. Ernst nehmen wir nur Menschen, die gut angezogen sind oder so schlau sind, daß es nichts macht, wenn sie graue Flanellhosen zu gelben Hemden tragen. Aber solche Menschen, so glauben wir bis heute, wohnen immer noch in riesigen gläsernen Kugeln, und wenn sie etwas in ihr Mikrophon sagen wollen, müssen sie erst den riesigen roten Knopf drücken. So jedenfalls hatten wir das beim *Großen Preis* gelernt.

Wahrscheinlich glauben wir, daß jeder Mensch von einer solchen riesigen gläsernen Kugel geschützt wird. Gefühle hat man zwar, zeigt sie aber nicht. Und wenn doch, dann mit Vorankündigung. Seit der siebten Klasse treffen sich Dominique und Ruth regelmäßig, um gemeinsam die soundsovielte Wiederholung von *Sissi*, von *Dornenvögel* und *Vom Winde verweht* zu schauen. Sie setzen sich aufs Sofa, ziehen schwarze Wollstrumpfhosen an, trinken Früchtetee, an dem sie ihre Hände wärmen, und essen Zimtplätzchen. Ab dem ersten Kuß wird dann hemmungslos geweint. Man zelebriert den Kitsch und auch die eigene Kindheit, man gibt sich den Emotionen hin, retrospektiv abgesichert. Drei Stunden lang muß man nicht erwachsen sein. Am Ende des Abends trocknen sie dann ihre Tränen ab, und sie gehen am nächsten Morgen ins Büro, als sei nichts gewesen. Auch der Glaube an die große Liebe ist geprägt von Kindheitserlebnissen, die sich irgendwo zwischen der zarten, reinen Liebe von Stefan und Beatrix in den Büchern aus *Burg Schreckenstein* und dem Zauber zwischen Richard Gere und Julia Roberts in *Pretty Woman* abspielen. Da wir aber als selbstverliebte Menschen vor nichts solche Angst haben wie vor dem Gefühl, enttäuscht zu werden, haben wir immer eine Reißleine im Kopf und begeben uns in eine Beziehung nur so weit hinein, daß sicher ist, daß wir auch wieder hinauskommen. Wenn wir dürften, dann würden wir unser ganzes Leben so führen wie die fröhlichen jungen Menschen, die am Rande der Südsee mit Bacardi-Rum eine Baumhütte bauen, immerzu lachen und fröhlich sind. Und wenn wir gefragt würden, dann würde es für uns der schönste Geburtstag sein, wenn uns am Morgen im verregneten Zeltlager der Liebste mit einem Yes-Torty weckt. So einfach ist das.

Da wir uns alles so zurechtlegen, bis es uns paßt, haben wir auch ein flexibles Verhältnis zur Religion gefunden. Jeder glaubt an das, was er für richtig hält: *Hallo, Mr. Gott, hier spricht Anna.* Man ist katholisch, auch wenn man nicht an die unbefleckte Empfängnis glaubt, man heiratet kirchlich, weil man das irgendwie richtig findet. Mit dem eigenen Sexualleben hat Religion weder vor noch nach der Ehe zu tun, der Gottesdienst am Samstagabend oder Sonntagmorgen gilt als überflüssiges Ritual. Man macht sich vor allem auch nicht mehr die Mühe, nach Argumenten zu suchen, weder für noch gegen Gott. Aber von Oliver Bierhoff bis hin zu Xavier Naidoo und Stefan Raab überraschen immer wieder Generationsgenossen mit religiösen Bekenntnissen. Stefan Raab etwa, dessen *TV Total* die ultimative Fernsehsendung unserer Generation werden könnte, erklärte kürzlich dem *Stern*, daß er mit seiner Mutter, deren Foto er immer in seiner Brieftasche bei sich trägt, über Pfingsten in Rom war. »Wenn der Papst die Leute segnet, das hat schon was.« Das hat schon was – so etwa lautet das Glaubensbekenntnis der Generation Golf.

Aber Narziß ist der größte Gott der Generation Golf. Man huldigt ihm am besten vor dem Spiegel. Deswegen kann man kein einziges Gerät im Fitneßstudio betätigen, ohne sich dabei zuzusehen. Manchmal kann man sich, wenn man Gewichte in einer bestimmten Ecke stemmt, sogar gleich acht- oder zehnfach in den verschiedensten Spiegeln beim Stemmen beobachten. Früher schon war der Spiegel der wichtigste Einrichtungsgegenstand, weil man davor überprüfen konnte, ob man so cool und breakdancend tanzte wie Michael Jackson in dem Video zu *Thriller*, wie es für andere aussieht, wenn man lacht, und ob die braune Gesichtshaut mit dem weißen oder dem blauen Poloshirt besser zur Geltung kommt. Daran hat sich in späteren Jahren nichts Grundlegendes geändert: Jede Wohnung hat mindestens zwei, wenn nicht drei Spiegel, die besonders tollen Hechte haben ihn auch gegenüber dem Bett postiert, um auch beim Liebesspiel den Sitz der Frisur kontrollieren zu können. Nur eine Generation wie die unsrige konnte ein Parfüm ins Herz schließen, das den Namen Egoiste trägt. Der Werbespot wirkt wie eine Karikatur auf unsere Generation: In einem riesigen Grandhotel ließ Chanel 47 Topmodels gleichzeitig die Fensterläden öffnen und »Egoist« schreien. Der selbstbewußte Egoismus als Gemeinschaftserlebnis. Die zentrale Frage, die jeder Angehörige der Generation Golf sich ständig stellt, sei: »Was bringt mir das?«, so der Trendforscher Matthias Horx. Der ultimative Bestseller unserer Generation ist deshalb auch Bodo Schäfers Kompendium *Der Weg zur finanziellen Freiheit. Die erste Million in sieben Jahren.*

In unseren Poesiealben war der beliebteste Spruch: »Lebe fröhlich, frisch und munter. Wie ein Frosch und geh nicht unter.« Beziehungsweise: »Lebe fröhlich, lebe froh, wie der Mops im Haferstroh.« Und so etwas nahmen wir ernst. Als wir dann anfingen, Bücher zu kaufen, bediente uns der Markt mit einer wunderbaren Auswahl. *Sorge Dich nicht, lebe* beziehungsweise *Der Erfolg ist in Dir* oder schließlich *Aus eigener Kraft*. Und wenn alles nichts hilft, gibt es die Droge mit dem schönen Namen Ecstasy.

Die Suche nach dem Ziel hat sich erledigt. Veränderungen wird die Zukunft kaum bringen. Und deswegen kann man sich um so intensiver um die eigene, ganz persönliche Vergangenheit kümmern. Wir fahren gerne übers Wochenende zu unseren Eltern in die Provinz, wir haben dort noch immer unseren ersten Wohnsitz, wir erzählen unseren Arbeitskollegen noch immer, wie toll die Klassenfahrt in der zwölften Klasse war, und zu unseren Schulfreunden sagen wir einen ganzen Abend lang »Weißt du noch ...?«. Wir haben, obwohl kaum erwachsen, schon jetzt einen merkwürdigen Hang zur Retrospektive, und manche von uns schreiben schon mit 28 Jahren ein Buch über ihre eigene Kindheit, im eitlen Glauben, daran lasse sich die Geschichte einer ganzen Generation erzählen.

Register

Katja Kullmann

Generation Ally

Warum es heute so kompliziert ist, eine Frau zu sein

Band 15789

Sie sind erfolgreich im Job, kennen sich aus in Sachen Karriere, Lifestyle und Sex. Und Ally McBeal, die neurotische Anwältin aus der gleichnamigen Fernsehserie, ist ihre Heldin. Denn sie trifft genau das Lebensgefühl der Frauen um die 30: zwischen Singletum und Partnersuche, zwischen Emanzipation und neuem Weibchenkult.

Doch wie kann sie aussehen, die souveräne, unangestrengte Weiblichkeit? Katja Kullmann zeigt, warum die Rollenbilder in unserer Gesellschaft an ihre Grenzen stoßen – und wie eine ganze Frauengeneration ein neues Selbstverständnis entwickelt.

Fischer Taschenbuch Verlag

fi 15789 / 1

Florian Illies

Anleitung zum Unschuldigsein

Band 15696

Wenn »Generation Golf« das Tagebuch einer vergangenen Kindheit und Jugend war, dann ist »Anleitung zum Unschuldigsein« die Reise in unser inneres Absurdistan, in dem uns die Gewissensbisse täglich lustvoll quälen. Dieses Buch zeigt Wege zurück in die Unschuld. Mit vielen tollen Übungen!

»Eine hochkomische Lektüre.«
Die Welt

»Ein Buch, das man auswendig lernen sollte!«
Rheinischer Merkur

»Nie waren Schuldgefühle schöner.«
Amica

Fischer Taschenbuch Verlag

fi 15696 / 1

Dank an Matthias Landwehr und Helmut Kohl.